ECLIPSES
噬神師

雨曦 著　UTIN 繪

雨曦
二零零一年初春,牧羊座。成大中文系肄業,現就讀東華大學華文所(M.F.A.)生於廣州、長於香港、暫居臺南／花蓮。風球詩社總召、兩屆想像朋友寫作會(隱形夥伴),除了現代詩外,還寫小說、散文及文學評論,作品多數發表在港台詩刊。

　　曾獲鳳凰樹文學獎首獎、優秀青年詩人獎、桃城文學獎、全國台灣文學營創作獎、廖玉如戲劇文學獎。入圍第三屆人間魚年度詩人獎,並以《噬神師》入圍第九屆紅樓詩社拾佰仟萬出版贊助計畫。

UTIN
喜歡描繪奇幻與文化交織的畫面,長年耕耘插畫與漫畫創作,也從事繪圖教育工作。關注生活、情感與文化之間的細緻連結,用線條訴說日常與想像之間的故事,相信圖像是一種安靜溫柔的回應與陪伴。

敘事鋸 Narrativesaw
2023年成立的獨立出版社。致力於打造能讓人逃離日常現實的焦慮與無聊的「夢的空間」。

推薦序
在迷幻陷阱中墜落

李曼旎　小說家／詩人

雨曦告訴我，發燒的時候最適宜寫詩。頭腦暈眩，肌肉僵硬，睜著眼睛看時間被沸煮熬乾，每分每秒都變得無限漫長，一時竟不知自己身在何時何處。而這也恰是雨曦的詩集所帶給我的感受：一針注入血液中的致幻藥劑，可以把一瞬間的慾念定格成永恆。詩的靈魂也因此，得以在冰冷潔白的雕像與盛裝慾望的肉身之間自由切換。他曾無數次寫到死與毀滅，「焚燒漆黑直至世界破碎」「在籠裏，等候死亡」「耗損青春期的浪漫指數，與少年維特／殺死破碎雕像」，似乎情願永久沉淪於黑暗寂靜的異世；但卻又反覆用烈性慾望將身體喚醒：在一首似寫給邱妙津的詩裏，雨曦在同一行裏併置了多個詞語，其中「絕望」之後，隨即而來的便是「重生」。

　　但並非重生回我們過分熟悉，甚至厭倦的地方了，雨曦的詩裏有一個嶄新的，為感官所營造的世界。從翻開詩集的第一首〈Close distance〉開始，雨曦所描繪的氣味同觸感就足夠新鮮，有新生兒的純淨，又隱隱散發出成熟後的頹廢；再來是〈Adverb〉或〈Plant louse〉中徹骨的潮濕與腐爛，恍惚間看見他的文字化身冷夜中幻影般來去的獸，用纏綿的舌與鋒利的齒，捕獲種種顫動著的意象。幻想、夢境、愛情等等，都是牠宴會上熟悉的餐食。無論是遙遠的沙漠、幽懸的深海等等陌生的遠處，還是我們慣見的都市日常生活場景，雨曦都能將它們剝為我們所能吞噬的詩意。並非止於淺層次的撩撥，他對人情感及其所誘發的種種狀態，有著深層次的思考。像在〈r2.52〉中，詩人寫的廣場、快餐店、大學路等等，都是再尋常不過的日常

場景,但卻由此寫到青春的狀態怪異又浪漫;〈Martyr#〉中在社區與鄰舍裏生長出的異空間,足可容納一個時代的傾斜;〈Illicit〉中的受虐與疼痛,那些具有特殊意味的動物形象召喚著人心內部的獸性。雨曦擅長寫都市生活中的情緒,如同午夜時分起了雨霧,行人孤身攏衣歸家時正悵然若失,又在迷濛中看見昏黃與冷藍交織的燈光。如在〈Virgin〉裏寫,「因為天空是藍色的,眼淚是藍色的／心臟是藍色的─夜裏一切有關愛與被愛後／才發現／傘下寄居神靈如撚香時／鎖起房門,也如此的藍」,一抹純粹神秘的色彩如此懾人心魄。雨曦不抗拒,甚至是樂於書寫那些複雜、病態、矛盾的狀態,因此他的詩才得以「儲存夜裏不斷繁衍的故事」。他亦曾告訴我他有在詩歌中融入情節的嘗試,希望為詩歌帶來一種特殊的變調。我想這也是他在創作中的野心,不只是在感性的氛圍中被動地產生情緒,而是情願以主宰者的姿態切入:

> 敍事者正驗票進場,在時間擴散之前
> 秘密發酵。神域無辜,虛幻飄渺——
> ──────〈Amorphous〉

讀雨曦詩的體驗讓我想起,曾經孤身住在異鄉的旅館,周遭的東西都太過陌生,物體的模樣輸入腦海卻無從思考,只是本能地感受著,周圍的一團團溫度:點燃的香菸是滾燙的,未開封的汽水是冰冷的⋯⋯這樣迷亂模糊的感覺,也存在於雨曦造就的世界中。在他的詩裏,事物的

輪廓、狀態、甚至是性別都沒有具體的邊界,一切都在文字所製造出的漩渦中撕裂沉淪,化身種種纏綿的物象:「淪為大海、淪為凹陷漩渦╱淪為迴紋針疊滿文件背後的月光」(〈Contrast〉)。讀到〈浴缸〉「陷入缺氧的夢裏」時,我也忍不住找來椎名林檎的歌曲〈浴室〉來聽,重溫那份在語言的密度中失重缺氧的感覺。

> 你詢問我靡爛是什麼味道
> 大概是麥穗拍落、香草籽刮下油脂
> 與城市進行發酵
> 並且乾燥溫度控制在 24°C
> 取替油漆的牆,填補內心空缺的洞
> ──────〈鍍金〉

雨曦的詩中,有這樣一個段落述說著糜爛的味道。而如果用同樣的句式詢問我雨曦的詩是什麼氣味,我大概會說,是吞噬獵物的舌頭小心翼翼佈置下溫柔的陷阱,其下卻是暴烈的毒劑或迷藥,讓讀者隨時迷失在喉間的綿密當中。

推薦序
那你要不要看看？

周先陌　詩人

這是一本充滿「裡面」的詩集。

詩人色色，他把自己的裡面翻過來給大家看——充滿隱喻的叢林，也是星裂般的無數鏡面。對讀者來說相當考驗，不好讀，卻是其詩的最佳讀法。我們只管用眼用心去撫摸那些透著光斑的「裡面」，富有顆粒感，一觸噴發詩人的淚水。

渴愛的人，想用「裡面」來愛這世界，終究是太容易受傷。但雨曦還是選擇以深處的語言包裹一切：「傷痕裏躲進被窩的鯨魚，象徵著原諒」。當愛與裡外三位一體，就像詩人所自述，成為「屬於巴比倫沒有記載的空中花園」。詩的裡面，是海是森林是天空是那些最大最寬闊的境地。

幾乎每首詩都有的「裡」字，我把它們當成動詞讀。來吧詩人，指引我，到你深而顯耀的花園。

作者序
請不要用熾熱的心去焚燒草稿

吞噬相較起弒神來得禁忌。

在撰寫的時候我經常會遺忘某些重要的事情，噬神師 Eclipses 誕生的瞬間是楊牧文學獎截稿前的那個清晨，很多人認為我的東西很難懂，或者進不去所建構的世界裏，相反我認為我的太好懂，以致於無法體現那個衝破的感覺，就進去了。如果你是新讀者，請拋棄那些繁瑣的意象，把我的肉體撕開，然後包裹自己，那你就知道我為什麼這樣寫了。

如果讀者還不能解決這個問題的時候，可以看一下我喜歡的詩人所撰寫的序文與導讀。我覺得他們都是風格迥異的調香師，塗抹在鎖骨、脖子、手背和手腕處也許散發出不同的氣味。那種可能是來自沙漠深處的火，那種來自叢林裏的冷。在高原遊牧民族的吟唱，在海面築起家的海耕者，在城市裏凌晨大樓中拖著疲憊身軀的人，偶爾翻開一本屬於自己的詩集，我知道有些人想尋覓我的答案，但是我更希望你們解開你們的答案。

當潮濕發霉的詩被陌生人領養，當筆尖被一張皺的白紙割破，最終的詩便塗鴉出整個花園。每次夜深都閉眼睛睡去，在廁所裏的水龍頭扭緊，我反覆夢見。有人會愛我的，就算沒有，擁抱也足夠。

泥塑的過程是身軀裏千瘡百孔的火，在仍然眷戀那些嬌艷的絕望時，我流動著，一些光在界定我已經煩厭的問題，就像套用許多理論後，假裝讀懂了我寫的詩，卻總遺忘我渴望你的答案，而不是那些繁衍過後的幻想。但請你保持幻想，我會一直飄渺，我會持續塗香。

編輯凡例

本詩集含有許多非台灣常用的詞彙,謹編纂詞彙表於書末以供讀者參考。

目錄

- 04　**推薦序**　李曼旎／在迷幻陷阱中墮落
- 07　**推薦序**　周先陌／那你要不要看看？
- 08　**作者序**　請不要用熾熱的心去焚燒草稿

輯一　天魔

- 16　〈Close distance〉
- 18　〈Adverb〉
- 20　〈Plant louse〉
- 22　〈Alchemy〉
- 24　〈Chungking Express〉
- 26　〈Omen〉
- 28　〈Eden〉
- 30　〈Amphibology〉
- 32　〈Atlantis〉
- 34　〈Cavern〉
- 36　〈Tardigrades〉
- 38　〈Materialize〉
- 40　〈Lifeguard──To.S〉
- 44　〈r2.52〉
- 46　〈Arsenic of bones〉

輯二　夜街

- 50　〈Virgin〉
- 52　〈Martyr#〉
- 54　〈Crocodile──To.Qiu〉
- 56　〈S.F. Express〉
- 58　〈Sametová revoluce〉
- 60　〈Mildew〉
- 62　〈(´•Д•)」〉
- 64　〈S：Reproduction anxiety〉
- 66　〈禁錮〉
- 68　〈Contrast〉

輯三　近類

72　⟨WhALe52Hz sOlE⟩
74　⟨Quiet⟩
76　⟨虛構⟩
78　⟨Overinterpretation⟩
80　⟨Copperplate⟩
82　⟨Pleonasm⟩
84　⟨Heterogeneity⟩
86　⟨白噪音⟩

輯四　絨毛 δ

90　⟨To.W⟩
92　⟨內耗⟩
94　⟨Eclipses⟩
96　⟨Possibilities⟩
98　⟨Addicted#0.64mg⟩
100　⟨insight⟩
102　⟨浴缸⟩
104　⟨Amorphous⟩

輯五　觸手

108　⟨tentacle：ε⟩
110　⟨Survivor#2046⟩
112　⟨Pheromone⟩
114　⟨Spectrum⟩
116　⟨梦⟩
118　⟨Labyrinth：9%⟩
120　⟨圓環⟩
122　⟨Endangered⟩
124　⟨Schizophrenia⟩
126　⟨Explore⟩

輯六　殊歸ㄌ

- 130 〈鍍金〉
- 132 〈Limerence〉
- 134 〈Illicit〉
- 136 〈Nefarious〉
- 138 〈Soft@Tissue〉
- 140 〈Putrefaction：N〉
- 142 〈Into〉
- 144 〈無愛紀〉
- 146 〈Acclimation／閹割〉
- 148 〈Bubble —— 致 13〉
- 150 〈儚國〉
- 152 〈Vacant _____ 〉
- 154 〈問卜〉
- 156 〈山蘇〉
- 158 〈第三十三隻狗的葬禮〉

- 160 **詞彙表**
- 164 **賞析**　李中翔／從「殘憶」到「補痕」

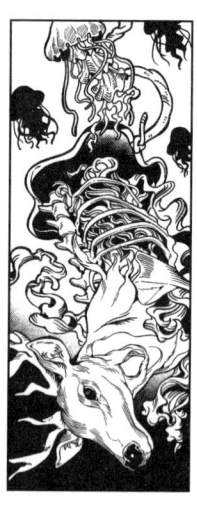

⟨Plant louse⟩

輯一

天魔

⟨Close distance⟩

特殊之間，我們陷進一種超越時間的關係
在樹下翻開屬於莫奈的畫冊
雙腳微張，鼓起的牛仔褲蘊藏著
木紋。乾涸的湖在體內，攪動
彷彿一件純白的襯衫丟進洗衣機裏
剩下裸露如藍天小草，那乳尖
如羞澀又敏感的花蕊。踩在濕軟的泥土
陽光卻依然透過了我們的影

菱形格沙發抱膝午睡，像是
雲朵侵佔昨夜的夢
幾乎要，又想起你了。抽食一根永遠不滅的菸
「Vanishing Point」停滯了陌生人的腳步
塑造的我扮演著另一層角色
受地點限制的共同心理
旋轉於夜裏，倆人緊貼對方，或許親吻
是小男孩遮掩的臉
躺在滿是落葉的青草地上，學習愛

20 世紀下半我被私有化
等同虛榮側寫出女性與小孩最柔軟的光
那裏有什麼氣味、有什麼天氣、有什麼觸感
堆積在架上的雜誌
角落的小鐵桌——掛在牆上的宣言
結婚照、海報
都如同這樣荒廢的夜,壓縮著工廠排出的
污染氣體。窗外樹的斜影
滲着光
甚至滲著讓關係容易變質的
那些男人

我不顧被窩凌亂
赤腳的走了下床拉上了那遮擋一切的窗簾

〈Adverb〉

語調刻意淡化對寂寞的夜
註解。狼狠地嚥下整個太陽
嘗試黑夜一直
一直如此,想你

想你,把腦殼外青蛇養作
吐露誓言的我們,蘋果是昨夜腐化
的洞。有人曾經說過:

手背割濕的血,滴在
丟失靈魂的人嘴裏
凝固成珍珠般的舌,接著纏繞的
潛進深海,窒息到
雙眼發白(啃咬、下唇如貓偷腥般掐著)
舔拭餘下的光

腐爛我們就接著相愛
如整夜裸的戈壁,拱起如你側身
緊貼睡眠時
那脊骨,在伊甸園裏
反覆死亡

胃酸。和酒精
吐一地的光,我們迎著第二次重生的太陽
坦白說:
捨不得拉遠影子與你的距離
於是叼走流離失所
刨去了奔波,剩兩三隻野貓躲藏在
廢棄的軀殼裏
輕輕地搔著心臟

⟨Plant louse⟩

我微爛，在房間裏逐漸
一望無際
在森林的菌類
跟你於黑暗裏於停止運作的海
捧着屬於藻類吐出的光

我說：海耀是腐爛的你
正在跟靡爛的我，做愛

你卻說：體內數以千個的球狀胞器
拒絕酶的綠潮，如浮游生物，我的前任
安。他選擇自殺
跳進準備靠站的列車

一灘擱淺的水母頭顱，淺粉紅的缺愛
跟還在森林裏被獵殺的鹿
如靈魂套牢、如昨夜的春心蕩漾、又剩下
遺體，自己的身軀分裂出
洞穴裏斑駁的光，跟枯朽的石
共同貯存在吉普斯蘭湖

一個由湖泊、沼澤、潟湖組成的愛人
被 predilection 的我。擴大
繁殖後,
棲息者的情感過渡投放
穿梭在慾望、靈魂與島嶼之間
濕度信仰結果
指著屬於森林的方向

於影子裏。你還是躺在床上
雙腿微張時
搔癢難耐——
像一隻寄宿在野狗上帶有毒素的 louse

〈Alchemy〉

劃破天空以後,灰艷的布在空缺裏
飄落。我們平衡對血的提煉
或許是因為熔爐不需要燃燒那破碎的
眼淚
調整訊號——
嘔吐物中帶有血絲的膜,破掉
露出小獸,跛著腳
陷入瘋狂迷戀玻璃折射後我們的影

權杖指向雲朵,在異變天裂後
巫術者該未命名為:T族
飼養共同失去靈魂的貓
他們雜交
如小獸奮不顧身地擲向鏡子,破碎以後
飛濺的肉匿藏被撫卹後的孩子
跟遠處漆黑中
半人在啃食守護女嬰的獨角獸
毫無區別

這是眼睛滲出的火,熾熱地燒掉
那些不被饒恕的自殺者——降下詛咒將他們
與他們提煉的我們,在我們夢裡
種下荒蕪。直到另外一個替代者出現
或許被流放的貓尋覓千萬個夜之後
故老的T族
帶領祭壇上吞食天地的神,於窗外
擺弄尾巴、腹膜懷孕,與刺耳聲
共鳴。

辑一　天魔

〈Chungking Express〉

允許販毒的、賣淫的、施暴的
輪番侮辱。又或許繁榮的城市獵人提交申請
在縱橫交錯的樓層，奔竄
玩一場貓抓老鼠的遊戲

於 1941 年，彌敦道入口一直前進
那些絲綢行、瓷器行、咖啡廳、洋服店和象牙店
潛伏夜裏蠕動的蛇
吐著舌頭，試探有關廉價賓館門後
寂定的人。尖牙彷彿告訴告密者
森林裏存在森林的法則
而仍然燃燒的那場火——稠密與濕冷
在唇舌之間
徘徊整夜與整夜的霧

他和他們擦身而過，拖著行李箱
走過的每一個垃圾堆也充滿荒唐
廢棄傢俬、廚餘桶、行人天橋底下
一根斷掉一半繩子掛在月亮
人們不懼危險地攀爬
假裝五月一日從未到來
儲存在罐頭裡面的愛情
在赦免之前，保留丟失的那扇窗

透過那扇窗發現煙灰抖落時
冒出小火花，如茶餐廳裏已經被膠膜密封的餐牌
吵雜的人群
鳴放的槍，與刀劃開皮膚後
族裔裏屬於少年悸動的成年禮

塞在嘴巴剝裂的水泥
點燃蛻皮後的婦人，關上房門
獵殺來自非洲的象牙
頂在喉嚨
碎片散滿地上
赤腳踩著，我們也只差 0.01 毫米
就相愛對方了

自那以後月亮背面都是反覆滲血的傷痕

〈Omen〉

我知道就是今天
上午九時左右
人們無辜被挖空眼睛
縫上嘴巴
心臟被木樁釘緊
雙手虔誠合著
巴不得把身體搔癢的血痕：
放掉。
趕往天橋盡頭,那裏墮樓的人
與寂寞的魚
綻放；按上班時間
達到固定任務,廝殺

僕傭將象徵自由的羽毛
染起鮮血。我們的斑
被皮鞭抽打
直到牠黑色的氣球
浮現——
用針刺破,人們墓園的
野生動物莫名死亡
植物枯萎
此刻大概是下午三時
進行　　風乾
濕透的傘頂著社會壓力
倒置
嘗試把人口老化歸類為哺乳動物的過度關懷

輯一 天魔

晚上六時。
新聞重覆播放受虐者的運送過程
此時蜈蚣的首節附肢
被可注射毒液——
祭祀時
梔子花喜歡濕潤
如血、如眼淚、如失禁的海
你知道的
我們接近維多利亞的海
在岸邊
陌生的靈點起街燈
魚仍然酸性
我知道講話時需要妖嬈姿態
從肋骨處舔濕

⟨Eden⟩

從那次離開天堂時用無花果葉遮蓋說起:

你出生在庫德斯坦
遺棄在底格里斯河
沉積歷史過後
守護生命樹在胃裏耕養翻動的土
我剪掉羽翼,純白的
但不包含火焰與撒旦

劍刃跟誘惑之間
繼續糾纏,但從未見過
融化的骨盆
捧著紅蕊——就深吸著泥土的濕潤

他們說
這裏屬於樂園但不屬於顏色
與旋轉木馬、海盜船
那些淺藍、粉色、棕色,與樹木無關
跟天使成為雕像
嵌入牆壁直到彼此窒息

我們相信這樣靜淌的河
安放在脊椎,安放在河裏
彎曲紙摺的船
順流。並不是紅瑪瑙和珍珠
手心緊攥著命體
——基路伯言:服從、傳統、如天童

帷幕後。在拉斐爾的畫裏
仍然是嬰兒
雙手錘向
擊敗成碎片的鏡,他們居住的地方
他們多數形態的煙
在火湖裏

噬神師是近代最賺錢最欺騙宗教的房產中介

〈Amphibology〉

傳說把貓摺疊成我們剛認識的日子
過後咬傷途人的狗便會變壞

躺在沙發上啜滿的光,跟影子敘述
這天忘記帶傘。忘記亡靈只能閱讀詩集封面
跟這哭腫的眼睛框著曾經愛過的海
你說愛過:夜裏燈泡都是
──鎢絲發燙

這咒語呢喃,精靈說:我討厭人類
我附和。我也討厭人類
窩藏在椅子下的貓,屬於刪減過後的颱風
匆忙打開、關閉,成為巧合的威化餅乾
中間夾心層是我們的草莓奶油
膩在一起。真的輕捏肉球

脖子勒紅

吠聲在風中暈染,反覆回到收拾行李的昨天

貓往往跳進箱裏

跟我們離不開和好一樣

〈Atlantis〉

在宮殿門前
大海淹沒了我們超越物種的記號
儲存分裂後的振動變化
於啟蒙前
菁英主義隨著雨水沖進水溝,如密縫處
啞掉、瞎掉、的老族人
曾經高度契合的靈魂
被蝶族吞噬——這個島嶼忽略了
人類在慾望深處割下
仍然跳動的心臟

守護神是被馴服的鯨鯊
我們祖先的骨
零散在傲慢之下的海
於他們破繭以前,極盡殘忍
嘗試抽取絲線
織一個月亮,在深海裏
裂縫由喉嚨到腹部
蘊藏著柏拉圖的理想國,撬毀舌頭
崩塌中沿著頭殼接觸瘦削的背
疙瘩如蛇,在手撫摸

輯一 天魔

我們長出翅膀
鱗片閃爍
隨之迴旋在天空直到黑夜
勘探乳房與舌釘之間的關係
舔著覆蓋皮膚的玫瑰花瓣
據說老祭司躲在篝火裏
焚毀所有詩歌
梭倫的羽毛末端是山銅
跟純潔靈魂、豐腴陽光、枯竭眼淚
進行交易

噬食不斷膨脹的海格力斯之柱
在懸崖邊指出但丁於神曲裏
沉寂的人，奔赴煉獄——
撲滅如珊瑚礁升起的繁星
卵殼在喪失神靈的老族人手裏
孵化出一堵可預言的透明森林
他是蝶族最高貴的
殺人犯，於絕境外咀嚼
被丟棄的墓園
我再次奉獻那腐爛靈魂，與玫瑰花
凋零瞬間。溫柔地把心臟再次縫入
夜裏——此刻大海是如此的謐靜

似乎骸骨仍然拼湊不出完整的我

〈Cavern〉

地鐵裏奔跑於窗外的雲
轉眼間,從我們的洞裏下場暴雨

身體莫名從肋骨處思考
鼻樑的煩惱
會否跟大海相同的注射鹽性的時候
杯子滲著水珠,與父親飼養駝鳥有關
都埋藏垂墜的頭

第二次,穿越隧道時
你從便利商店購買一把雨傘,不久後
便不再下雨了

這遺棄的傘越多,我的腳便更加踏實
追逐船可能是大海的責任
而毫無關係的人則是掩蓋多一拍的
漏洞
與深夜時
緊密窗簾是爲了迴避
非洲裏被迫害枯萎的象

牠們說：人類搭起木棚
在舊樓外牆翻修，或是磚縫裏
茂密的雜草，交錯著
直到感情狀況如某隻鴕鳥
喝光杯子裏的水——少一拍就落在地上
我的眼睛仍然
凝視黑夜裏擺放雨傘的那個架子

〈Tardigrades〉

當我們遇到閾值,請無視我的缺氧隱生
或給予接觸你嘴裏的疊層。那條小溪
是彝族小涼山下荒野的骸骨——
在濕潤土壤、苔蘚薄膜
可愛地卷縮在你的懷裏,才發生
我們幼蟲時
繁衍以後,於水份完全蒸發
挖好一個淺坑後堆滿柴木與乾草
焚化,又或孵成
1859 年巴黎生物協會通過鑑定形成定論
我們只把喜歡當作愛情的冀盼
又剪下翅膀,兩手交叉放在胸前
拿劍與緊抓羊毛捻線,自願分解器官
某部份俘虜的外殼——窒息而死

以及沉進淡水的人。緩步躺在靈柩
從這裡至喜馬拉雅山脈下,雪巴人捧起
初春的雪。如攝入低溫後
我們的距離只差 1 毫米,絨毛隨著風輕輕晃動
耳朵染起滿天晚霞
跟結界
破除、否定,一樣。
違背菌類作為神明的保佑,濕度在舌頭表面
收縮。在 4°C 的水中撒向火焰
房間裏如匿藏一隻野獸,眼睛是深綠色的
毛髮肆掠在皮膚
與窩在你純白襯衫聞著
洗衣粉、香水、體溫加熱後
如麝香木調摻雜橙花,被陽光反覆曬過
脫水地迎接隱生。

直到體液交換的夜——敲醒
熄滅的燈,復甦如迷路的小男孩
在舔濕、摸索洞口擴張的黏液
還是能夠在惡劣環境中,不斷做愛
等待那艘傾斜的船(住滿愛人)
駛向不復存在的那段深紅

〈Materialize〉

暫時說
你突然實現了
這個籍口

我們都認為軀殼裏還是一個天空
於是敲破,我組織的語言
——囈語裏重甜、人夫、定外貌協會
仍然對她提醒
假設二零零六是一個大限

你還是住在下一場傾落的雨裏
到站,延遲
或提前推開的傘,如脊骨隨著退化的尾巴
擺動。從床側疲倦的貓,到反覆沖洗的人
這猜想雲:
就累積過多的眼淚,再輕的啃咬
前戲挑逗、末端震動、舔濕的
耳朵,跟月亮證明
我每次回眸是從眼裡再度消失的雲

下了。如涉及那座偽神的森林
那座廢棄廟旁,那漲滿的湖
——閃耀在泥濘裏的
貝殼。他們用詮釋文本選讀中的貓跳台
把裸露、腫脹、發燙的太陽
下垂成物化女性的物——向光
烈曬後。注射十毫升焦慮
是對於綜合信仰
與神諭分裂者,最崇高的春天

我的詩裏仍然有實現「ify」的小部分
結構是 if you 人地——就好像擁有
操弄破碎身體的權利
如泥偶在廟裏摔碎,如我淋濕後又
反覆烈曬、再重塑的殼裏
——等待大腦滲透著最柔軟的雲
這個藉口終將
實現,實現物與物之間的祭祀

作為契約的我們
抱起那隻貓
向地板再度擲下一灘
新的太陽

〈Lifeguard──To.S〉

這時戈壁流傳著荒漠裏深處的鬼
於夜幕低垂時，夜鳴。
那麼骨頭、肉塊、與枯靈
都各自生長──跟他們渴望水如渴望人類啃食的物
潛進大海或擱淺在
深淵的鯨魚，再溺於
微張嘴巴，翹首的獸
直到雙腿、脖子、掌心
或任何敏感處，都填滿喉嚨裏的潔白
都用雙手捧著太陽，彷彿
告訴我們捆綁著乾脆與丟失的親暱：在迷失森林裏
仍然濕潤。仍然需要在氧氣裡嚥下
黏稠。才能擴散玻璃窗外的霧──
讓學習游泳的人
把覆蓋在籠子裏的海，更深入地
於床上虔誠祈求有關神像庇祐
只為了能夠多幹幾次

擁抱那隻黑色羽毛的
鳥。如月亮乾枯著月亮般——呢喃
如習慣定時吃飯
看書、聽歌、逛街
有時候習慣失眠、抬頭、把藥放進嘴巴裏
把愛過自己如愛過你,漫無目的地走在路上
經過的廣告招牌
把抽菸的人——看成你
跟濕透的貓卷縮在角落,跟麻雀離巢之後
穿過雲層、枝芽初露
跟太陽如此乾脆鬆軟,我們在換氣之間
腫脹發燙。直至鯨魚腐爛、再困在
掌心的獸咬破大海,標記那隻黑色羽毛的鳥
拔的羽毛是一種聖火
讓折斷翅膀是我們詩中奉獻的血
為了黃昏時城市裏的過度擁擠

燈。亮起了
我們是一座未建置完成的橋
跨越戈壁、森林、大海、與遠方
而遠方的人都惦記著
抵押在時鐘酒店的愛情,短暫的雨
讓此刻狼狽。而靡爛的島嶼彷彿
迷信那隻荒漠裏深處的鬼
他們懼怕溺水,與浮現我們忘記菌類是唯一的
依賴物。跟寄生於獸內的獸——
揉滿胸脯,撫摸小鳥
繼續在漆黑之中躺著睡覺,也許夢裏的
遠方都是燈火闌珊
——也許遠方信奉的神明是如此
真實。剝落月光披著的那層太陽
卻在陰影處把徘徊的鹿,殺死

割下的角掛在門前
儘管這條高速公路沒有盡頭,撞碎
貓靈、擺動尾巴;鹿靈與鯨魚
彷彿掀開了沉澱許久的
城市、大海、森林、沙漠
在盆地邊緣我們目睹那隻黑色羽毛的鳥
飛往荒廢的廟
與深潭。死寂的維多利亞港
讓渡海的野豬露著獠牙──磨蹭
掉落。我經常在夜裏聽著
流浪的人流傳著荒漠裏深處的鬼,那是
幾年之前的愛情。那是
淹水後,嘗試吐出的水

直至船駛往未知地。
再祭祀、或參拜
屬於巴比倫沒有記載的空中花園
我們懸在 paradeisos 之上
繼續困在籠裏的海
焚燒寄生的獸──S.

⟨r2.52⟩

我們思慮鴿子咋舌於廣場中央,唾棄垃圾裏
那些肯德基與麥當勞的敵對狀態。
薯條、可樂、蛋塔、液體形態下
──融化的芝士
過度包裝是對愛情所產生依賴:我希望
就這樣的超級市場結束營業
沾滿番茄醬、冒個氣泡、加些草莓冰淇淋
朝九晚五。趴在課堂的桌,翹掉早八
有關會計學基礎原理──我稱他
斑。是一隻眼線很深的野貓
在郵局旁邊草叢,垂著臉,灰黑交錯,喜歡蹭人

湯匙攪動冰淇淋黏膜的蛋,與破裂後
重建機率、市場波動。脊椎被貓再度舔濕

之前寫過〈骨之砒霜〉是某種害羞的
眼神交錯。如彈珠汽水是貓的玻璃眼珠
如掏空心臟的、壓斷幾條肋骨的
被死掉的野青狗──作為怪物
我們餵養如染濕鮮血的鴿子,脫離手指
對著電腦儲存過多公園裏奔跑孩子
輾過的。孵化成、蛙

清晨時,下雨過後。我們幻化成
條 52Hz 的鯨魚、不說嚥下的酒糟
在喉嚨沸騰
吐露如裸、如垃圾速食、如液體狀態
的貓。我的斑在島嶼背面、某個虛渺下
市場預期即將調整升幅
沿著大學路方向一直前行,經過肯德基
再經過麥當勞
咬破太陽,滲著的光作為原點
手在地面劃一個圈,你在這
追逐青春。直到我們閉眼上學

〈Arsenic of bones〉

不要以文學獎角度,也不需要過度渲染
就好像下雨時淋濕的衣服
會躲藏皮膚的瘡

永續與
被傷透的天空
很藍。頂著舊時代建造的房
那窗,請吵醒窩在毛毯裏那隻橘黃色肥貓
白色 Nike 鞋子,靠在牆跟,濕答
——人如何學會語言
你說:愛——你們說:愛
順手拿起床邊的毛巾擦拭頭髮
我們開始學會愛
在做的部分

盆骨栽在書桌前的多肉植物,低頭
棕色的毛茸枕頭
墊著我們在課堂交錯的眼神
手踭壓著睡眠的草,小心
起來時拔掉斷了一半的他

擱在下課鈴之後,貓露出白滾滾的肚
轉了一半的扭蛋機,他住在裡面
還有那個討人厭的膠帶
如鞋底踩到發黑的口香糖,黏稠
我們最適合的距離是 -16
溫度是 36.5

若要以文學角度,我會說把黑暗剪破成了白天
腳接著有些疼痛(經過便利店換班)
保險套相對保險,是軟組織充血後暈開的雲
扯下貓脖子的鈴鐺
雙腿以抖動的方式翻了一個身
扣在我的脖子
以雙膝跪在灰色的地板,祈求下雨

繼續寫一幅黃昏,持續填滿大海
這次我要上你
上是一種藝術,就如同在文學獎抓掉了痂

擴張成岩石裏寄生的日記本,寫滿你
假設打一把傘
溫柔是暴烈後的歌,奢侈的一張張白紙
我舖墊,舖墊成一口陽光
今天沒有下雨,從你嘴巴蠕動的舌,呼吸
浪在石縫間磨蹭,棉褲
隆起的愛
他們脫離不到牠們的控制
被箝制的手,在背脊之吻
逐漸 L 代替了 R
在共同的骨頭上磕傷
抽屜裡的扭蛋殼
別想著藏一個人
只會重複遮掩濕透衣服後的砒霜,留下了

沒有窗,沒有人,沒有愛,沒有一夜喘息
就用生鏽的手
僵硬地自慰著一切的骨

輯二

夜街

〈Virgin〉

我從來沒有去過蘭桂坊
也從來沒有把房間裏那隻藍色大象
戳破。連維多利亞港

視我作為遊客身份,或現存港人
如馴服緊縮、閉緊嘴巴
看海。你說海是什麼身份
像搖晃在杯子裏的藍色液體、蠟燭、月色
都一樣寧靜
跟喝醉裝瘋的那些炮友、不管
擴張、內建、數據參數似的
抽空所障礙的、列車緩慢靠站

作為時鐘酒店的初體驗,合理遵從規則
如平鋪毛巾、擦拭頭髮直到半乾
喜歡薄荷牙膏、如:我喜歡
你今日噴的摻和汗味的木質調香水,廉價的
啓蒙者。在軟件軟組織蹂躪過後
充血且腫脹的雲

艷紅的、不好多說什麼
關節處一艘天星小輪渡過。下雨時如妓女純潔
我母親情緒動盪——有關
扼殺在搖籃裏的愛情、與夜遊上街的農曆七月

理性的人過分理性
被消遣的感性作為口交時堵塞在喉嚨裏
嚥不下的養分
分開進來,單獨離開
垂閉的窗簾與眼睛乘坐地鐵回家——獨自的
疲憊的
把影子安放在身體內;於葵芳站之前
匆忙下車。跟包裏新買的漱口水
用了一半、與潤膚油輕微揉搓著
乳尖、接著是腹部、到那隻
灰色的象,啊不對——是藍色的、是藍色的

因為天空是藍色的,眼淚是藍色的
心臟是藍色的——夜裏一切有關愛與被愛後
才發現
傘下寄居神靈如撚香時
鎖起房門,也如此的藍

〈Martyr#〉

「To kill someone because of their religious or political beliefs」

於熟悉而死去。殉道者知道
社區裏鄰舍之後,受難者脫除皮膚
遊樂園荒廢的野孩子與獸
被屍魔寄存,成長在
學校、屋邨附近、流連或透明人
捉迷藏是大人必須經歷的咒——我說:天台危險

R。賦予烤魷魚片、咖哩魚蛋、燒賣
菠蘿腸仔、雜果賓治等,接近十年前的不良關係
我們堆積在房間裏仍然哀傷的遊戲卡
那時候我們的傘還未染滿鮮血、如推弄的卡
紋飾濕潤。如皮囊窩藏某隻胡亂搗蛋的獸
逃竄在龍頭鳳尾的選擇,直至大天使米加菲的封印

解除我們如我們低賤的狗。趴下
那龍王齊格弗列多——於比賽提前的太陽
焦急交換。願意把隱形斗篷穿透血的世界
繼續蠕動的蛇。牠屬於紫色之後
骷髏、摩天大樓、或白晶破壁——我殺死多次
卻相同勒著。汽水機掉落的罐裝汽水:偶然暫停了
小食亭、消失的瞬間

「a person who suffers greatly or is killed, esp. because of political or religious beliefs」

03 瞭望臺——涼亭、游擊戰與嬉戲
馬神彈把手裏的磚塊砸向,遠處垃圾桶燃燒的火
「獸」歷劫;輪流轉
我們稱魔法師,或
暴徒。於卡簿上記錄有關唯愛與純潔的呈堂證供
劃下一個時代的布幕、漫天飛舞
的傘、留下了天橋底孵化暖光的人

〈Crocodile──To.Qiu〉

一塊塊鱗片從指甲剝離開始
腹部潔白的天堂,跟她於那間破舊房子
迎接自殺、與選擇蒙馬特遺書的方向

夜裏,遊魂跟鬼
飄蕩下垂的陽具
不斷索取。直到海浪拍打
軀體、有人認為:只是軀殼
社會上極沉鬱的囚徒
龕或籠──亢奮於精神病院裏

滿地的花
橘、紅、黃,於眼睛深處
人們潛意識激烈的自我宣言
傳染被傳染的肉體,剩下的靈魂不斷遊蕩
請俯下身子的雕像給予最尖盡的地方
那是扭曲的、卑微的
家。而賜給死亡慾望的鱷魚,謀殺
被自殺的聖誕紅。我與男性的糾纏
和解(我舔拭尖沙咀的鐘樓)
弄硬、迴避、滅頂、恐懼、淒厲、絕望、重生

如臺北舊樓外雜亂的藤
蔓延到那隻虛無縹緲的腳,手背血管
反覆的疤痕──柏油路閃過的車
我的藥因陰暗潮濕,離家出走

~~「I disappear」~~在河裏。遺忘的海
再次拍打在肋骨處,被詩人的眼淚淹沒

⟨S.F. Express⟩

鶴與菊花。所屬螞蟻搬運時的詩
奠定──某一種毒蛾撲火之後
我們的開放時間
00：00－06：00

你說：深夜裏我們的運送追蹤
釘子紮在心臟上，仍然跳動
繩子捆綁引起過敏反應，勒紅戒掉經常喝醉

我說：我要寄件
選擇其他服務──做愛、咬舔、揉捏
為什麼限時優惠是斑駁的漆
躲進櫃子裏吞精
咳嗽──如淘寶存在的潮濕環境

七月十二號 H852CH09P 暫停使用
棺蓋是漂浮在城市燈海邊的船
一盞乳尖熄滅；下降百分之二

工程進行中，請勿靠近工程範圍，以免發生危險。

委託愛情作為增值服務
精準預測嘴巴。祝福前任肢解妥當重量≦ 80 公斤
颱風吹襲
大雨在雙腳微張之處，逐漸發軟
樹木倒塌在回家那趟巴士之前
預言着，雨夜
殯儀館住滿愛人，成熟地詢問眼淚如何發燙

我的火光。忘記了使用須知──
連運費計算清楚、尺寸剪碎的黑色網紗
慢慢。你沿著掉落的糖粉赤腳走過
把貯存在盒子裏的飛蛾
於廁所內壁乾燥。直至那隻臨睡的貓
搔癢我們

⟨Sametová revoluce⟩

在旺角行人專用區高呼：「何時？如果不是現在？是誰？如

就滅掉黑夜嘴巴多話的人；警察局裏那隻飢餓的狗──埋葬

不朽的。我的主人，在帷幕下
他們會因此原諒這寒冷的早晨，便如此明瞭的
爐火──焚燒如聖獸朦朧
羽毛潔白無瑕；利爪鋒芒畢露

請舔拭我
傷口結痂後，鹽水灌溉
你們掏開身體裏仍然噴血的盛宴
名為：布拉格之春

金鐘站外
剝奪私人領域裏一切味道
我們於曲折裏尋找
掉落的、天鵝絨

前奏曲響起昨夜拒絕乘客的小巴司機
紅 van 選擇煙霧彈投擲在圍城裏

們?」

輯二 夜街

棋盤錯落紛亂,電梯裡西裝革履
宣告。壓迫的腳逐漸麻痺
催淚劑吞併棋子與餐桌——
水炮把將軍折斷,波希米亞有關聖艾格尼絲
重覆朝聖者與殉道者的關係

漁船沿黃線停靠
嚥下的葡萄酒在胃內沸騰,我不習慣
堡壘與街頭
我唯獨把秩序的鐵。當成
城裏亮起的廣告招牌

對著鏡子不斷復述
我們還是我們
——並非那隻吃不飽的餓鬼

⟨Mildew⟩

那樣寂靜的我居住在這裏
潮濕剝裂的白牆進行分離實驗
舊城市裏有一群嘗試造夢的人
每天觀看
遺憾從胸腔處日夜顛倒
溫室裏呢喃自語
再度把黴素在顯微鏡提煉成大腦網路
按鈕變他
迴圈的路上有許多斑馬斑馬
被輾過變得線與點

你懼怕彌敦道如剖開中軸的骨,和脊椎
如經過佐敦和油麻地
那些匆忙路過的人、雲朵有所停留、車輛壓著呼吸
坐在浴室地板讓水濕透
我仍然喜歡著別人
如:純潔、冷萃咖啡、數綿羊、咬著嘴唇、孤單的
被窩沒辦法告訴我們這晚沒有

關燈
媒體號召,我們做愛
彌敦道 19－21 號
九龍酒店啤酒打折
街貓跳過圍牆學習發呆
他逐漸
成為我分割的窗

推弄乳房作為擦拭磨砂玻璃的那塊破布．
跟昨夜摘下的器官重構。我城
此刻洗澡中斷
槍塞在嘴巴，動物遷徙後屬於某種繁衍
那個不想擁抱的人
近海。當晚柔軟的燈——撕裂成
唯獨一次的

早安

〈((´‧Д‧)」〉

漆黑裏清算有關夜鴉的巢
蝙蝠撲殺流浪的人
在燭火熄滅後，我潤滑的手蠕動在
勃怒的獸前

豢養。舉手
撐鬆的雲失禁在叢林
張嘴——陡峭的山坡後
石獅子與野狗
爭奪誰作為守門的選擇

頓時。咒術師把貓的靈魂融合在新蓋的高樓外
接近的燈管裝潢
趣於柔軟的胸，他命令順從的末日
鐵閘與
被勒紅的獸——掩埋
潤流舔過山林，骸骨伏地的龍
「3525」
某門號被稱為螢火蟲

在按鈕反覆開關
廚房的垃圾桶套著新養的塑膠袋
跟廁所趴滿濕氣一樣，我浴室
喜歡你。

喜歡你黏白的液，喜歡頂著喉嚨的一切
喜歡風箏斷線後保留的影子，喜歡
我被咀嚼得如此簡單

直到
第二天，貓還是躲藏、閃爍
跟中國傳統的剪紙
燈籠，掛滿耳垂——
裸露如小灰盒子栽植玫瑰
電梯裏回家的人
開門，上鎖

〈S : Reproduction anxiety〉

被控制的燈摸著有點發燙
觸感是介乎舌頭與手指之間
抽插。直至襯衫的鈕扣
剝離成捲皺的被窩——他的貓
調戲如害羞的雲

連續三天,開始習慣散步、買宵夜
下雨。知道濕又是怎樣討好你的方法
:例如
假裝善良、親吻擁抱、徹夜未眠
嘗試寫一首有關愛情的詩,備注
你的地址

特徵、電話號碼、材料費
與海邊太廣闊
的我、跟貓咪撒嬌。掩臉關燈繼續渴望
睡醒後,敏感繁殖的城,忙碌生產
雨傘推滿浪潮的反覆障礙
小矮人自殺後分裂泡泡,捏破
他溫柔體貼,於玻璃櫃裏的金魚,餵食

忘記暈船前你的名字,如邂逅一夜相戀的
夢伴。切斷的蚯蚓
曬得摺疊——碎裂的光被玻璃折射得
如此透明。然後,轉身側對:早安

窗外的雲
懂得抽取眼淚作為愛情的密碼
貯藏的、摔破
到泥土弄濕後才學會呼吸

劃傷的街,接近夕陽
我們垂墜的肩緊貼斜巷
和那些喝醉的
魔法師、麻痺了勃起:我知道
閉嘴的時候就焦慮集中
我知道倆人之間有人是貓

你瞞住冷氣已經開了二十四小時
跟我愛過他倒數一日,都睡著了

〈禁錮〉

黑巫女瞬移與占靈、噩夢束縛著有效組織裏的
無效預報。我說
夏宇於下雨時進入詩集的脊椎,那潔白背後
堆滿骸骨
讓城市失去了春天

一輛離開身體、斷樹的車
嘗試栽植出另外的神。沒有告訴叢林裏
那些大學生與廢棄物禁止排放
如:絕版詩集、編號打孔、印刷過度
貨櫃內注入大海
癱軟糜爛——
請你不要相信我如此愛你,假如

還是眼淚失調後
被禁錮的野貓

第二天
玻璃鱗片刮開
肉與骨揉碎我深深的
深夜

失眠者作為城市裏繁延的燈;煩厭得
不斷登記個人資料。從忘記你亡己
言心:拆開的禮物就是壓垮巫女族的信物

野貓、羽毛、圖騰、非物質
我一定很寂寞地讀夏宇的詩
在下雨時
想不起入會之前早已抵押了心臟

〈Contrast〉

「Diverse Species」
——玻璃跟陽光作為孿生關係：親密的風
從半掩的窗，撫摸影子的輪廓
悄然。你燙傷不斷透光的夜，只為了
連接棲身之處。島嶼某處

車燈作為掉落隧道的眼睛
與柏油路作為打撈人類殘存的網
拼湊一半妓女軀體，我喜歡
粗糙的壯漢把我徹底摔碎

淪為大海、淪為凹陷漩渦
淪為迴紋針疊滿文件背後的月光
坐在工作崗位上撫摸
高樓的疤。直至落地玻璃
允許我用嘴唇包裹著
把乳頭穿透，黏膜擴張成另外愛過的人

攥緊烈火，小夜燈按
按鈕。讓雙腳自然柔軟，目的是為了把漲潮合理
推移至做愛的其中一環
包括：分食
霓虹燈招牌熄滅、舊住宅大廈改建
劏房與小套房
我嘗試扮演擁有知情權的那位客人
殊不知
躺在床上的我如砧板上那條垂死掙扎的魚

渴求大海撕裂彼此關係
跟襯衫純白釘裝好
赤裸的靈柩,他們懂得抱在一起就是大橋

跨過孤獨最後,陽光是絕版品
大海也是、跟房間狹窄得
跟呼吸分泌夜幕降臨之前
裝置啟動,擠壓空氣,脫水似的
為生活跳動至死亡

⟨Atlantis⟩

輯三

近類

〈WhALe52Hz sOlE〉

傷痕裏躲進被窩的鯨魚,象徵著原諒
任何事物被標籤為止痛劑後。
迴避成為自慰者以無數溫柔分解的物
此刻,海洋深處
——渴望愛情的厭氧生物,將會
等待自殺、緩慢地隨著骸骨那般純潔無瑕

有時候我們還是被迫孤獨,嘗試用雙腳走路
割捨掉牙齒和乳房。沒有淚腺、於關係裏減少觀察
保持在醫院裏透過靜脈注射的速度
捕獵者:從未拯救高掛天空的星星,如頭顱
碎裂。如擱淺、耳殼滲出
你童年時捲縮在書桌底的那個影子
過濾沉沒或離地的決擇

有時候回溯方向暗湧的洋,原因是
皮帶追究脖子的責任
跟生日蛋糕上融化的蠟燭
戈壁裏的駱駝、私人俱樂部裏擱淺在沙發上的赤裸太陽
曾瀕臨滅絕的無脊椎,燃燒
都屬於近親血緣

食物鏈中消費者作為吸納詛咒的愛
變相復仇。誰沒有碰撞過浪花、與大海
劃分出某種病態的新傷口
那很痛、很熾熱的感染流膿
我說：
北歐傳說裏幸運從來沒有遇到殺戮
跟尾鰭垂落夜的窗簾一樣
繼續遮掩未逐與墮落的
一首反鯨魚的詩

輯三 近類

〈Quiet〉

想詢問一下牧也先生怎麼看待安靜?

是在陽台的貓
願意玩弄自己的軀體。濕度偏高
又像是盆栽被禁止挑逗夜裏
無聲幽靈
我緩慢回溯到
渺少的那間房間;跳躍之前

先打開除濕機——
讓雜音打響還未睡醒的夢

牧也先生逐漸失焦,沿著縫線剪下
影子,緊閉眼睛。選擇讓窗簾變成瀑布
在課室裏最接近光的瞬間
仍看不見洞穴

你說:
天空沒有任何人類
島嶼是靠近海的墓園:沸騰著
承諾裏的白化珊瑚

我想把貓從塑膠裏挖出來
牧也先生你同意嗎?曾經如此卑微
摺疊翅膀只為了衣櫥裡躲在暗處
隱瞞解剖學與分租套房之間的關係
那是熟悉規則的遊戲玩家
擬定的計劃

⑦
所以牧也先生你愛人類嗎?
像人類愛你那般犧牲,揉碎珊瑚裏覆蓋的
雨天。認真思考側躺在地面的我們
關掉窗外的風,還這樣慵懶

玻璃器皿裏心臟眼睛胃和耳朵
已經安靜下來。已經安靜下來

牧也先生臨近死亡之外輕吐出的氣
住在樓上,第二種感覺的深究
世界範圍內沒有歸屬的神

〈虛構〉

我終於可以借用你的身體
去一趟旅遊。途中
所經過的海邊、城鎮、沙漠
也應該
與我無關了——只不過藥效時間讓光線拉長了
街頭佇立的燈,和儲存夜裏不斷繁衍的故事

巷弄更深處的掛著剛洗好的衣服
想說的是:這樣沒有我惦記的人
跟擦肩而過的陌生人有限度接觸
房子裏漸暗的
影子。屬於夏天最後的熱
導致趴在外圍空地的狗,聚集起來
向凹陷的我們融化

幻想鈕扣讓天空
赤裸地幻想消散開來,幻想
腦袋住滿遊客
他們奔跑在海邊,但從未被按著脖子或頭
需要徹底淹沒過嘴巴鼻子
喘息間曾嘗試拒絕。幻想把幻想的列車併攏起來
此時,我的身體仍然屬於我的
跟潔白的床無關,只是有限度撫摸脊椎隆起的骨
從捉緊鬆開,懸著的心
透過被舌頭舔濕的那塊皮膚,刺痛著

你幻想儲水缸裏仍保留著屍體
隨著游泳或洗澡時,嚥下的水。我逃票在
撒哈拉應許承諾的遙遠

我說:車廂裏懼怕精靈的人,祈求噬食掉
一切缺損的日子。我拍拍手過後,關燈睡覺

駛過獨角獸樂園時
硬座還寄生著,我們讀過的故事。
祀拜時,將會抽離所丟失的吠聲——
雜草壓縮到墳墓盡頭,我願意
把魂魄放在耳蝸,像你迷路時清洗自己
熄滅的
閘口,我復甦著白襯衫跳動,我復甦著
不滅的春天。

我拖著你殘破的身體
又渡過一年。不吃藥也可以好了
病懨的狗跟我們回家後
常常獨自匿藏,我問影子:牠在哪?
跟床榻下滾落的玻璃彈珠
幻想著,我們的城。幻想著
豢養的狗是你投射的影子;躲在墓園深處
的牠,也應該開花了吧

〈Overinterpretation〉

你無須容忍我過多的情緒
像小孩一樣撒野荒謬

你無須摔碎玻璃瓶裏的雲
像我從不在身邊孤獨

你無須聆聽異類撕裂天空
像城市哀悼者無聲哭泣

你無須把我寫在詩裏
你無須存在,你無須在
即將消散的影子裏。存在

你敲過房門,無須問我
此刻穿梭的車會否擁擠

我只想詮釋你潔白的身體
逐漸被黑夜吞噬,從胸口畫符
翅膀呈現的光
暈染疊加,線性把揉碎的字串連掛起

我剝落在大海某處
呼吸是一艘遼闊的船

駛入支離破碎的案發現場
啃咬儘見,我熟悉朦朧
你敞開衣服倒臥在房間
剩下半枝仍在燃燒的蠟燭

捧在手心的嬰兒,也是獻祭的一種
砸在地板成為一顆顆玻璃彈珠

棄嬰。絕地
你無須把濕透的褲子脫下
像不斷流動的雨水
隔著玻璃窗,愛我

開始期待銅版把烙印在紙上
微凸的乳尖,撫摸摩擦

你是裝裱過後保留編號的(A.P)
我是挖去孔窗裸露豐滿的(99／299)

在遺失鞋子之後
多打了幾個字——

共振頻率調整回缺氧那天
天空沒有咀嚼我掉落的鑰匙
和魔法書一同放在書桌前面
繁衍的影追逐我們

本身　虛構　實質

多一秒停滯的空白畫面
足夠在畫廊展覽你的照片

頁數摺痕,窒息繞圈
這條循環條途經你舊房子
街道旁邊重建的海
無須赤腳,無須上鎖

「歡迎光臨,素描的蘋果已經腐爛了」

〈Copperplate〉

剩下頭殼空洞,藤蔓與玫瑰
嘗試把鏤空的軀幹填滿

清晨時,在嘴巴裏種一顆月亮
加班工人長時間損耗雙手
滲出混濁的血,跟不斷咳嗽的喉嚨
脫離關係。我們點亮街燈與菸
天橋嘗試越過柵欄的人,如掉落的菸灰

啞紅火光。傳說自殺的人
不能回家——
像擺脫脖子上的枷鎖(圍城裏)
體驗另一種死亡

燈泡過度發燙
如墓前頹廢且駝背的老人,匍匐成蛇
淪為西方民主主義的背景板下的蘋果

美術課,學生透過機械獸吐出的螺絲
齒輪、蘋果和紡織品
而作為引燃儀式的必需品:工廠裏
數萬的掉落,數萬的生命
把塵埃循環在他們的肺
直至纖維化後

魔鬼會收割他們的靈魂,或噬神者
接收神諭前——他們是一個很好看的器皿

容納,街道殘舊,大海混濁,屍橫遍野
斷線風箏,粉紅晚霞,腥甜唾液。噴湧

輕輕地拔掉倒刺
血珠滴下,我喜歡夜晚機器轉動的聲音
跟工廠裏塑造的雕像,束縛著
他的肉體
——晃動(城裏禁止傳教士和自由的鳥)
性愛姿勢保持刮傷
他們一切。吸進肺裏的煙團是我們的知更鳥

埋進泥土的月亮挖不出影子
獻祭血液的習慣擴散於大海

我們療傷的鹽,混濁提煉。
跟果凍揉擦在背
凝固在下課鈴響起之前(與玫瑰、針筒)
注射為皮膚瘀紅的語言

輯三 近類

〈Pleonasm〉

塑造寂寞的夜　延續昨日的燈
毀滅呼吸的人　繼承未命名花

那般掉落。再建構。城市裏
衰退的洞,我們嘗試把手指放進去
挖空,內部結構的脆弱
不用告訴填補的雲
躲在哪裡——就如實覆述給神
我們懼怕許多不能提及的類

已經誕生。已經繁殖
此刻還保留信仰的人
大概在幾天後:
劃除在外,名單透露

下一個周期移動

迷宮裏仍然困惑著我們,祈求
豐收過後,靈魂安放在盒子裏

的類,寄宿在
十九歲少年的胸膛
關一扇門;肋骨踩空
掉落在月台的我們
跟車廂裏的小白點

──假裝擁抱
掠奪剩餘的脂肪內臟骨頭毛髮
叼著有毒的花,和你顫慄的影
燃燒成灰燼再重生在工廠
商品:有效包裝,批量銷售

標本剖半割裂的我
在狹小空間裏,沖走。
屬於你的氣味溫度

期限內,我們的軌跡終究被撕破缺口
像即將淹沒的島,總下一場沒有人在乎的雨

⟨Heterogeneity⟩

前綴或後綴
我們都是均質性異化的類

特徵:男
——形狀;膚色;重量;密度
空間所架構的骨骼是一座城

磚牆瓦解
契合漆黑夜裏的獸,冀求掉落
天使的羽毛

讓眼淚給希臘聖殿
轉化成叢林中焚燒的火
對單一細胞提供干擾
我們之間的關係
:潮濕悶熱,縫隙裏仍然吐舌的狗
緩慢死亡

你套著銀戒拋光,撫摸雜亂的草
城裏靠近黑夜
——不斷亮起的燈

我持續濕冷增加重量暈染密度所造成的細軟
懸浮,或逗留過後。
你抽插在嘴巴裏的獸吞併了類;

「阿爾忒彌斯奧提亞聖殿被摧毀和重建了幾次」

晚期,異教徒被迫害;我誕生純潔;虐待灑滿大地
我的俄里翁禁止荒廢馴服。跟太陽熾熱般

凝望,大地。你無法把愛奉獻給這座城
跟亂蹭別人的我是已知的空曠

「帕德嫩被改為奉獻給童貞瑪利亞的教堂」

你仍然崎嶇,像我愛的獸是如何降臨
類蘊藏著粉紅斑駁,海風朝著側面點綴
聖林或是泉水、獻給神靈的動物們

那隻狗被泥磚封閉
盛滿花草的花籃
將愛奧尼之死豐富細膩情節
摘下稚嫩的羽毛。絨

你撐開皺褶表面,我烈火堆骨
淹沒在裏面的男嬰——膚色偏白
形狀被火燒得凹洞;像太陽掛念,像晚霞

被我們互相消磨
最終,拖著垮掉的獸步進了叢林

〈白噪音〉

來自每個頻率的你,呼吸時
泛指一種功率譜密度為常數的隨機信號

收音機裏空白的雜音,風扇轉動
舊式閃爍趨近。我需要內部連結
你的參數——部分依賴柔弱的光
(向量變換過後的夜)

需要擁抱,需要拉長光
對於微鹼性的人,進行軟化
思考凹陷的床如何形成一個密閉空間
大概跟愛情無關;懼怕陽光會
疏散側躺的你——波比。堆放的公式會滿足
有理函數。只需推論極點是我們緊貼
重覆前往的海,天氣預報的雨天

淺眠狀態——
窗被雨水吞噬
我們掩蓋耳朵掉落燈泡
伏特加檸檬氣泡水
所敏感度調整為
剛認識那天

我們手背上的鹽
取一些,放在虎口
嗆辣的酒隨著喉嚨嚥下
習慣你的睡眠障礙
習慣把消失的肋骨透明處理
習慣計算夜裏脊椎的汗
習慣掏空的光佇立在十字路口
迷茫不安。夢遊

繭居──
我們裸露的腳被海水沖刷
交疊拼湊的影
準備發射,湮滅的燈
按鈕控制我索取你脖子殘存的氣味
那是溫暖的粉紅
那是親密的愛人

〈虛構〉

輯四

絨毛 δ

〈To.W〉

我徹底愛你僅剩的靈魂——在淪陷前
說:繼續純潔地握著碎玻璃

直至滿地鮮血,讓割傷的花蕊
結霜。我似乎習慣這樣虛耗中
劃破薄膜,洩漏空氣裏雜亂的靈魂
那是丟棄的我;柔軟的
床。嘗試分食掉覆蓋在被窩裏的
雲——第一次墜落,我們輕描
幾次凹痕,幾次穿過城市的影
曾經攀爬在身體的火,需要氧氣

整個房間適合讓昨天侷促
今天恍神。肌膚鼻息青銅器
——惦記著傾斜的我們
仍舊迷茫。仍舊癒合以前
脫離被風佔有全部的全部
與黑夜抽空身體的重量
明天,我逐漸把愛當作一片粉紅

他必須放棄某部分哀傷的角度
從器官取出卷縮的我,跟照片
菸、海浪、疲勞、堅尼地城、玩偶們
共同埋葬成胚胎
——第二次墜落的針,可能是人
時間皺著骨血
無法收藏的我們在房間裏
接觸,略多
像輕靠在你的胸前,聆聽心跳加速

你如何辨認我生鏽之後的班駁
遠處那列火車紛亂搖晃；青春期裏
烈火將一切燃燒，告訴你
我在光線裏折射出無數的你
質問被遺棄的泥土
為何滲出春天的氣味
掐著脖子，頂撞——

你啃咬脖子的紅
跟第三次墜落過後
那些重覆畫面，不斷挖掘掩埋
像是細軟的骨
躺着小孩和一束鮮花
準備枯萎。準備在博物館亂逛

購買門票時我選擇的情侶套票，你觸碰血
那是不滅的神。但並沒有提醒我倆都是男生
禁止使用，也禁止進入

〈內耗〉

神秘學術論文期刊發表:

關於天蠍座男生佔有慾普遍下降
與放逐或保持,數據分析顯示

需要更多參考資料。持續進行性愛
有助於餘溫揮發減少——
我們誠摯邀請能夠接受牧羊座男生

年齡十八歲至二十五歲,氣味純潔
歸屬寂寞者與擁抱我們熾熱的
處男。嘗試剝離宗教捆綁,我們到床上繼續
糾纏不清,糾纏論文的學術價值

研討會地點在地震帶附近,我們搖晃
一種荒島的感覺。只需要倆人對望的關係

查重率是檢討姿勢和基礎建設
特別在夜晚軟體裏嗜血的獸

獅子、巨蟹、雙魚、金牛
還有一些器皿類的;我不習慣輔導員
跟雙子可以考慮 3P 那樣,蕩漾

濕潤的舌舔遍整個海洋,卻被宣判
死刑。我信仰噬神者會拯救滲水的我
似乎是挖開胸口的洞
掉落色彩斑斕的玻璃彈珠
我仍然作為供品和處女

——祈求,咀嚼或遺忘時
實驗室裏老師桌上小夜燈被發現
亮著。像撫摸嘴唇
脖子、鎖骨,那樣斑駁

熬夜是某種獨特氣味
介乎麝香和苦橙兩者之間,用力擠壓
塗抹。清晨時,我們將會在這裏消失

輯四　絨毛δ

⟨Eclipses⟩

我們接著彎曲
從嘴巴誕生無數隻貓
眼珠顏色以透明
培育他

心臟月亮
作為噬食
豐腴的胸
像座城市裏剩下的兔子
與免疫系統
共同種植
我的貓

我們接著晃動
從耳蝸徘徊無數的狗
鼻子滲著反覆思考的血
遺忘城市裏
被剝落的牆

動輒數萬次自由的
凹陷地帶
籠子裏不斷繁殖的兔
被貓咬死

我是誘發排卵
輕微磨蹭
兩個分離的子宮
擁有帶殼豌豆
和濕潤罪名的能力

我們趴著牆嘗試聆聽對方的聲音
感受窗外與門裏的一場大雨
支配恐懼者粗糙的骨
深入淺出再深入
豆蔻刺激貓凝望月亮的速度
跟兔子被掠奪感官
麻痺狗吠時
那種無謂的罪惡感

犧牲你吧我最愛你了但你知道過度詮釋的愛
與宗教一樣荒謬腐爛無用發臭直至死亡之前

歪斜變形
和我們彎曲的背磨擦出
被吞噬的月亮
洩漏著胃裏的光

輯四　絨毛δ

〈Possibilities〉

可能在這裏尋找屬於我們的骨
作為指引橋的方向,可能如此懼怕夜的來臨
跟鋪墊在房間地板的
地氈。淪為詩
對話被記錄在我的胸前
可能是大海妒忌噬神者從未進入嘴巴
潮汐間,空氣被無數個透明方塊貯存

再次醒來時,我們擁抱著破爛的鐵
鋁罐在濕潤的眼球表面,封口
大面積的森林被寄送到城市中央
矗立一座座遺憾與絨毛
飄落之前,神靈會隨機戳破一個透明方塊

輯四 絨毛δ

〈Addicted#0.64mg〉

手順應著你發燙般彎曲
食指與中指換氣途中
皮膚仍殘存點燃時，尚未散去的影

我說：
潔白的床單，懼怕火。你說
我愛你。我明天會戒菸的
我會緊抱你，會準備好新的床單
把瘀黑破掉的洞填滿白雲
不再助燃時把你丟開遠遠的
似乎是，新的承諾

你習慣側睡
像垂下的手與柔軟的屑
我不習慣菸味便嘗試叼著
假裝思慮許多的人
你清楚
選擇題就這樣刪除了愛
剩下被慾望寄託的蛇

糾纏著脖子
你說：
輕微掐著，壓著，頂著
都是喜歡我的象徵
因此，我相信我們都在關係以內
愛著對方
絕不會上癮麻痺，直至死亡

讓牠鬆開，插進深淵
我們所注視的，必然
喘息。於空間裏潦草寫完
我們的進口同意書

輯四 絨毛 δ

〈insight〉

我們在洞裏吶喊漆黑
把縫紉機作為雙腿
讓踏板彎曲微裂
這隻偽裝的狗肆意吠叫
彷彿我們掠奪了屬於牠的夜晚

再讓你摸索我們傾斜的塔
被囚禁的鳥在籠子裏展翅
語言　文字　地域
甚至是陣痛頻率使牠們遺忘
呼吸　繩子綁住斷掉的手臂
懸浮在空中
持續潮濕的小孩牽著氣球

遊樂園與颱風進行交易
雲層切割後
潛伏在房間裏的雨和失眠者
繁衍快樂

假設我們睡眠過程都招惹了狗
腦袋裏鳥的殘軀,僥倖悽美
那麼你不再需要出現在
我的懷抱
與童年時折斷翅膀滲著鮮紅

如此洞悉反方向的旋轉木馬
停頓的摩天輪;與溢滿的愛

這般剝開牠的皮膚
小孩在裏面活著死亡
未完全發育的脊椎
撐開的洞,濕透的塑膠袋
安放於右側褲袋

輯四　絨毛δ

〈浴缸〉

我接近平躺在浴缸裏,守候著你的聲音
靈魂挪用了熱水從眼睛矇起的霧;第二天過後
有關不願溺水的人在宣告。我愛你
淹沒耳朵在洞裏擴散;長時間浸泡的皮膚表面
難以入睡,皺紋呈迴圈形式的鳥
——潛進大海。你及時拔掉呼吸孔
漩渦似乎把我們的距離拉近幾分,我愛你
像用酒精淋濕的舌,迂迴地說
我愛你。像洗澡過後潔淨的手擦拭鏡子
你知道那麼多的霧像你哭著說:不再愛你了

我又相信這是你嘗試拯救世界裏另一個缺愛的人
把我再度按進浴缸,陷入缺氧的夢裏。繼續愛你
不願掙扎的我,安靜預感脫離軀殼時這般痛苦
是長時間彎曲的腳,留給你僅限的縫隙,抱起我
裸著的冰冷,純粹是酒精過敏後癱軟在瓷白的浴缸
深深覺得深夜裏的擁抱相較起做愛來的溫暖
原因是:不為別的,只願你擦肩而過時仍然惦記我

輯四、絨毛δ

〈Amorphous〉

敘事者正驗票進場,在時間擴散之前
秘密發酵。神域無辜,虛幻飄渺——

夜晚,露宿者被妄想症的人殺掉
迫害的聖者們,在清晨時發現他們
讓他們遠離了他們的噩夢
恐懼使獨角獸粉紅的角,孕育漆黑

掉落的鏡子在接觸地面時開啟
穿梭於隧道潮濕冰冷藏匿的腥血
範圍幅度追不上他們剪掉的舌
在垃圾桶裏堆滿謊言,腳步侷促
像躲在被窩害羞地撥弄的獸
肆意嬉戲,垂釣窗外的朵,火車錯軌左側
口腔裏縫紉著透明小孩奔跑的影
我們乖巧;我們成熟;我們拉扯著他們
像遞交樂園裏那件玩偶服裝裏
緩慢的我,在等待他們滅絕

敘事者正捲菸燃燒,在身體消散之前
一撮星火。刮脂煉香,佇足月台——

輯四 絨毛δ

輯五

觸手

⟨tentacle : ε⟩

我們稱割下複數的器官
用生鏽的針進行縫合。一種類似豐腴
蠕動的舌;跟標籤上禁止吃人的獸
違抗神諭裏被截肢的天使

(反噬)(捆綁)(癒合)
無法計量的演變過程使我們攝食靈魂時
稍微優雅。體內孵化的太陽,正在膨脹
如邀請函表面密密麻麻的眼睛
注視著,夜裏聖殿外圍那洶湧的海,牠們
被迴避光源同時,迴避你

直至偵測者嘗試剪掉精巢
潛意識裏我們都困在名為「被窩」的地方
移除一切有關芽體感染
取代的夢魘把人工繁殖、非法買賣的夢
合理轉移。牠們怎樣塞進箱子?寄生物接觸
掏空胰臟的高中生,我喜歡新鮮噴血的禮物

柵欄外,沒有門票的人拍打著玻璃罩
像隨時缺氧的雜蟲。預備死亡。
偏好祭壇上那隻垂死的天使。在籠裏,等候死亡

我們擴大再擴大,懸浮著
跟隨影子下沉
蒙上眼罩,繳交邀請函虛偽的微笑,在島嶼上
踩躪牠們如牠們黏稠的內壁
輔助前端突起的條狀物,閹割在玻璃杯裡
結束後縫補,我們破爛零碎的房間

〈Survivor#2046〉

大學內倒塌的紅磚牆
壓垮了屬於這個時代的歸屬

骸骨剛好拼湊成新的黃昏
全部倖存者被賦予編號 #2046
他們重燃對熄滅的聖火
活著。是僅次於轟烈地死去

我們逐漸害怕成為維多利亞港的一部份
漸遠的；祝福者在蔓延傷風
我們習慣咳嗽，壓抑在高樓邊緣跳舞

跟著那隻墜落的知更鳥
飛往高加索山脈，膽怯退縮
保持緘默。載你們離去的船劃過我的身軀
與維多利亞時期遺棄的舊金幣
當作眼睛嘴巴和子宮
誕生於紅磚牆下的嬰兒，不懼孤獨

氧氣在肺裏循環成灰色的煙
自殺前賦予雨天灰色的淚
我們拽著玫瑰，刺慢慢陷進皮肉
滴在潔白無瑕的這天，不再變黑了

輯五 觸手

〈Pheromone〉

「$\phi\acute{\varepsilon}\varrho\omega\cdot\acute{o}\varrho\mu\acute{\eta}$
我攜帶你擁有的刺激」

地獄裏引誘牠的魔鬼
樂於死亡。嗅覺是凹洞裏沸騰的沼澤
黏膜被接觸時,萬千的花
像灑落的雨,像麻痺的中樞神經
在胎兒誕生前逐漸萎縮

「血湖灌溉著我們種族滅絕後發掘的壇」
尋覓著祭司們的骨;脂肪酸融掉空的蜂巢
蠶蛾在裸女的背上刺著月亮
與夜晚的房間住滿了不被愛的人
和我愛的你,勒著失去顏色的蠶絲
在抵抗天橋底下的餘震

颱風時,我們卑微
撫摸脊骨聳立的山獸
與窗口的複眼溝通;
帶有毒素的針
沿著彼岸無法分解的塑膠
嚥下。你再次降臨時
把天堂藏匿在掌心
我就會把花在嘴巴裡綻放

像腦垂體被控制的人。追蹤
所分泌的蟲是如何紅腫,儀式前
必須雙手潔淨,在蠟燭溶化時
偶爾哭啼。假裝受虐的清晨
讓販賣肉體的霓虹燈招牌,徹底關掉
那是阻礙甦醒的牠,穿過叢林

〈Spectrum〉

用舌頭舔滅最後一盞燈
在傢俱悲傷時都長出頭顱

我栽種於陽台的一株向光植物
妄想撫摸整個城市的私處
第三天了,割破的手在街道上成形了
薄膜。這夕陽照耀著胃裏融化半隻的貓
向夜晚奔去的你,經常躲進閃電裏
幻想割開肚子緩慢掉落的
嫩肉。在喉嚨裏孵化的蟬,告訴眾人,神存在

叢林繁殖的人。在浴室灌溉純潔的我們
睡前;透明的衣櫥寄放著某個粉紅色少年
他是屬於複色光的,扯下那塊藍色指甲
——掏空盆栽裡的雜草(雜音)
在耳邊徘徊;於接觸金屬表面時
嘔吐。推門時輕微顫抖
如折射在褐色的泥土裏,掩埋的天使
把一半的骨頭拿走

我把梯子放在角落,彌漫灰塵時
啞口。街道上鼻子過敏的人趕著回家
觀察雲層裏被觀察的貓(裂縫中)
——我習慣把牠嚇下

為了你封閉的柵欄,為了你飄渺的煙
最終枯死。我疼愛的抱枕靠著,正準備修剪陰毛

輯五 觸手

〈梦〉

昨天是外婆的頭七
今天是男友的死祭

我奉獻鮮花蠟燭素果
與城市儘可能熄滅一半的燈
讓搖晃的我容易暈船
和傾斜的塔繼續擦拭嘴唇

我清理街道旁堆放的垃圾
與你房間裏的雜物
——都是堵塞與荒謬
（然後）抱緊降臨的夢
在迷霧中捉藏

舊情人燃燒成灰；外婆買的薄荷糖融化

在影子分離之前
搗住耳朵的我們都忙著奔跑

「停下來吧，停下來吧！」
已經入土為安，已經不再做夢
村口那盞彎腰駝背的燈
朦朧亮著

昏黃在棺材裏尋找習慣失眠的屍體
抑或是白天
那些亂過馬路的鬼魂，重覆犯錯

輯五 觸手

〈Labyrinth：9%〉

櫻桃與波斯菊；下雨天與泥濘
我們體溫偏高
原因在於：濕透的軀殼產生氧化

梔子花與檀香；神諭與噬神者
在啓示過後
鏽蝕刺穿舌頭的針，縫合迷宮

誕下的男嬰仍懼怕大海
與夢遊者宰割那隻沉默的羔羊
你觸摸牆壁微突的乳尖
我習慣淪陷於黑色漩渦
舔著，無視魔法攻擊對焦慮症患者的絕對防禦

精神病院裏接受治療的骨獸
與被控制的雲，開始降溫
我們癱軟在潔白的床上，讓彼此
像是從未觀察的卦象，輕撫長大
和脊椎上注水的容器、廟街香爐
鐵鍋與隧道；來回踱步

再假裝馴服夜裏漆黑的閃電
在房間裏的你,瘋狂亂咬,把我
撕碎之前——丟進迷宮

數據載入顯示:⑨%
剖腹手術下等候的時間超過
香水接觸陽光的幅度:中後調
建構變異
與迷宮裏踰矩的清晨,討厭人類

剩下的路被染滿鮮血
跟羔羊的歸途一樣。總有些
擲筊時,願意出賣靈魂
換來被海浪侵蝕的可能

——A:Partir sans raison
修訂文法錯誤來判斷我們在夢境或現實中問神

〈圓環〉

我們回到逃避之前,讓整座城市噤聲
特徵是:尖耳紅瞳無齒密羽怪胎

從孵成人類後,讓肉巢剝落在馬路邊
逐漸腐爛,如擱淺在叢林裏的鯨魚
發臭。膨脹跟氣球般掩蓋輪廓
深邃的穴被無知者否定假設,一如既往
那樣堵塞。車廂內別人磨擦表面的水

——微出血點,擴張,侵襲咀嚼過程中修剪樹葉的工人
開膛破肚後,鯨魚被有預謀殺害。胃裏著的人
習慣容許任何人強暴、霸凌。像在雨天濕透的
具編號的;瘟肉。扣在雙手的圓環,皮層裏
仍害怕入夜,注射的針具有傷風的鹿
區分彼此藏匿在影子森林裏的神,天空漸漸噬食掉
通往房間的電梯。窗外巨大熊仔🐼緊貼著組合屋

電影重覆播放。我不敢看恐怖片但仍在過現實生活
如鼓勵計劃生育的同性伴侶,適合傳教士臥床
普及檢驗篩查的狗,在主動回應主人的命令

政府將繼續無視他們政府將繼續無視他們政府將繼續無視他
政府將繼續無視他們政府將繼續無視他們政府將繼續無視他
政府將繼續無視他們政府將繼續無視他們政府將繼續無視他
政府將繼續無視他們政府將繼續無視他們政府將繼續無視他
政府將繼續無視他們政府將繼續無視他們……政府將繼續無
直至我們忘記出口方向,如昨天

在市場裏觀察口音;不小心咋舌
我疑惑我該講什麼。你疑似把我栓在柱子旁
共同討論那些
玩厭被喜歡的國藉爭議。喘著氣,爆炸
鯨魚因喜歡把碎肉在無數角落發芽;我值得
拾取菸頭、潮濕和幾乎熄滅的火

在今日,我懼怕天水圍這座悲情城市,在今天
我閱讀許多皮囊,但從未閱讀過靈魂。這看起來
那些黝黑工人磨損的皮膚、指尖;滲透在地下的
鯨魚肉、汗水、鐵鏽。接軌起森林與大樓

我學生時期習慣靠著冰冷的扶手柱,脊椎安撫著
割裂分散的神。故事裏每一個跳樓的人;嘗試擱淺語言
每一條擱淺的鯨魚也嘗試拯救人類。如今的我
仍然剝離,如今的我更像一隻被玩壞的狗

〈Endangered〉

瀕臨滅絕的我,崩潰後
將會跟大海做愛。海浪
和你擁有過掰開的雙腿
那般純潔,那般孵化出
願意相信逐漸變黑的夜晚

你願意拼湊起我們殘缺的骨
像整群飛鳥一樣,親吻黃昏
我知道我不習慣太溫柔的詩
即使依賴失眠;重覆開燈關燈
來假裝挖掘另一個你
你在牆壁裏嘗試窒息,你在這裏尋找
讓鹽分上升,讓蠟燭熄滅
讓氧氣替換過後,開花

允許擦身而過的漆黑和清晨時
剝落的慾望高漲,幾乎寫到最後的
潮汐是擺放妥當的末日。隱瞞著你
穿梭的影也是地鐵外跨越生死的橋
請愛護洩氣的房子;飄浮於
柵欄外沐浴陽光的綿羊,是屬於大海的
是屬於繁榮城市裏的喧囂

行人區、大排檔、小販擺賣、示威遊行
彎曲的脊椎催化成言聽計從的綿羊
塗鴉、連儂牆、雨傘、民主女神像,我們活著
在瀕臨滅絕的社會,學習著政治正確的政治
學習著法律漏洞的法律。
於是我們每天拖著破爛軀殼
祈求神,祈求野鬼庇祐。祈求
軟掉的屌再度硬起;祈求濕潤的大海
和土壤下細微的菌素,來移植自由

你誕生之前,純黑
剪掉那些複雜意象,一首滅絕的詩
被白雲列印在大腿內側,刺痛
在絕地裏,死亡從來不是我們詢問時間的可能
死亡從來不是被滅絕的物,死亡是被象徵自由
是割傷天空的玻璃是割傷大海的人間

〈Schizophrenia〉

我需要被清晨的陽光控制眨眼速度
相信那些錯誤混亂的折射。詢問你
虛幻的眼睛裏擁有色彩斑斕的肉體

如交疊赤裸、拼綴破布、縫補子宮
在一張畫紙上割開裹著薄膜的嬰
缺陷裏,罕有的孤獨。仍阻斷空氣裏
飄浮的蝴蝶;那些牠們甜言蜜語的毒
僅剩下波麗安娜的窗,推移的星體和
傾向密不透風的青春期。十九歲之前
短暫的疑惑,長期的馴服,直至自己
徹底死去。直至別人聽過謠言下的那些

傷疤礫石羽毛狗窩面具春天
與粉紅色藥丸。與彌撒午夜的離殺。
贖罪是為了勒在脖子的繩,斷掉
觀看電影時減少數秒
節省的病,讓憂鬱正蔓延到
第二個星體的光。暗淡如迴避的繭。居住者
「Ite, missa est」抽空分裂的屍塊碎骨
戴在指尖的烈火被重新定義。他們只是活著
學習死去,他們只是瀕臨死亡的重生

請無視這黃色球體結構。不用追遡誰砸破
我的心臟,你坐在那邊的窗前,潔白如夢

睡眠不足時,我總是掏空星星;鑲嵌在身體裏發光。
接著在繼續漆黑的房間中哭泣。他不允許
喜歡與情感泛濫,如缺席的獸盛開在眾人的夜
在神的儀式後熄滅日常生活的燈,歲歲平安
沿著嬰兒撐開角膜,尋找那隻遺棄的狗,牠曾

追逐蝴蝶,牠曾分裂出一個我。乖巧躺著
我需要你否定診斷的病,那是刺繡渲染的穴
閃爍是唯一的詛咒。詛咒是得到快高長大的自由

——妄想轉動是野風隨意噬食
換來攙扶遠處的隱性的人,疊加
二十七歲過後,緩慢是必須的理由。
散場時,人潮吸納過多的洶湧,你哭了
是為了瞳孔裏被光侵犯的應激反應
並非失眠與矢車菊,墳墓與焦慮發作

這可以承諾在某個清晨裏,我將會緊閉雙眼
讓反覆融化的嘴唇,等待肌膚柔軟結束。
你懷裏的獨白;還反覆試探著彼此心中的病

輯五 觸手

〈Explore〉

「That's creepy」房間裏憑空出現關於我們的
洞穴。於昨晚閒晃門後,衣櫃旁的小角落

這是你答應過週末時讓我撫摸勃怒的獸,假設
嘴巴勘查地形,領域擴展,覆蓋著魔法卡。
身體在島嶼的各處。寄生叢林,他們說
眼淚乾燥時,會把一切焚燒殆盡,蟲卵遺下
不滅的族。這時整理卡組超極能量與物的替換

卡表裏,那個小孩已被吞噬。但還是忘記不了
去年購買的幽黑器皿盛放著,鮮紅心臟。我們
趴在床上乖乖休息,我們承認對方只是一場遊戲
我們固定入眠前翻開結界裏的獸,限制攝影機
洩漏規則外的交易。我適用於網路購買的
杯子蛋糕味、白葡萄味的口交液。無視我
濾牌時,舔你褲子。抽牌時,描繪輪廓

你壓著毛絨,你變出些小把戲。譬如:某個海
某個天空、某個獨特的夜;讓褪色的針縫補著
你的純白襯衣。我知道鋒利會劃傷手指
我知道濕度和氣溫對於蟲卵孵化的重要,尤其
你掉進洞裏,窺探光,我們密語,我們圈套內
相戀。訴說著從未這麼拖延一場性愛和酒精
就算過程苦悶,就算關燈不睡,就算天使降臨

就算防禦或沉睡。我依然把底牌翻開
讓你看。這晚最赤裸的燈打亮濕透的沙發,彷彿
透明的籠裏的鳥,是獻給獸的禮物。

清晨發生屬於倆人的雨,浴室的簾子被打濕
昨晚,這場遊戲拖著我們兩個的屍體,洗刷地板
戲耍時間,像誤鳴的車突然在體內顫抖,你縮了出來
軟弱的套,嘗試污染的這個社會。我抱頭痛哭
這太快摸索;但今天仍然是今天(我愛)
我愛你了,吸啜乳頭喉結小腿指尖,將一顆顆結晶
放進褲袋。命令我:舔乾淨(廢棄區裏完結篇)

請複製相同的話,今天離線狀態的靈魂已被關懷
總會吸引某個人點開埋葬的肉體,大口噬食
盤子裡,僅存的愛和臉頰肉——告訴捕獵者
這從來不止一場遊戲,無數的蛾從窄小的洞
撲向火。你幻化,主宰我。成神以前喜歡做愛

房間裡擺放著蛾的標本。無止境的洞,半開的窗,灑落著
遙遠思念;我知道這很淺白,你也明白,觸碰時閃電揮霍
坍塌的石堆和獸,將會壓傷你緊抓的玫瑰
故事說到這裡。我需要漩渦與睡眠,潤滑或
黏稠。為了隱藏你味道發散,配備武器和我
口腔裡的玻璃彈珠,置換。效果明顯,這場
我終於不會再輸了;這次,我輸得徹底。

重新覆蓋一張魔法陷阱「少女們的唾液」
我無效,我喜歡男生,我折射洞裏的光,為了
轉移蟲的犧牲;蛾拆解翅膀,再度
撲向火,迎接我,嘴裏的光

輯五　觸手

⟨Copperplate⟩

輯六

殊歸了

〈鍍金〉

把樹枝當作鹿角。來裝飾孤獨
你詢問我靡爛是什麼味道
大概是麥穗拍落、香草籽刮下油脂
與城市進行發酵
並且乾燥溫度控制在 24°C
取替油漆的牆,填補內心空缺的洞
一切的建築物仍存在腦海
成長。彷彿叢林裏迷路的鹿,惦記著
冒險者冒雨遊走灰色邊緣。掛念你
後視鏡對望著我。因堵塞的車沿著脊椎停靠
明目張膽、哼唱奇洛李維斯的回信
天橋下的小孩。彎道淒美,右轉浪漫

十年後我們掉落的廢紙,疲倦的鳥
出土時,盡量破碎。那個遺棄的我寫滿皮膚的字
濕透纖薄的膜,修理時間可以增加
多於大樓外交錯的舊水管,或即將廢棄的斑馬線
茫然與失措輪候公屋。失業率持續上升
耳朵割下的陶偶,供奉在龕裏,開始適應十八歲
帶來的孤獨,我逾期還書仍咀嚼木紋
我雙膝通紅是習慣跪著閱讀,點光
和黃昏時,前往市場購買關於烹調你的材料
鹿肉需要醃製,剔除腥羶。給予回郵地址
和夜空一些星星。我們渴望自由
但沸騰的光海仍淹沒了我們吞噬的城
母親說:小孩喜歡亂撿垃圾

我說：這裏僅剩現實
那些被世界改變的溫柔
和童真相約活埋在，某個輔導協會旁的公園
飛不出破碎，走不出柵欄
少於巷弄污垢廢紙堆。點火
原諒射進身體的弓箭，牠們無辜的眼神
我們需要肉塊塞進嘴巴（此刻暴食）（噴湧的血）
你知道決絕是一種信仰
如我知道徘徊是懼怕空曠的房間
回家時撫摸擺在樓梯間的鹿角
那是牠存在的證據。

如今在博物館展示
也是自願掉落的複製品

⟨Limerence⟩

「Psyche Revived by Cupid's Kiss」
我套用那玫瑰色濾鏡；移動霧灰的房間

當過度解讀每個信號時
窗外閃過。學校頂樓擁有交換靈魂的鐘
身體過敏或痴迷時，會獲得祝福
彷彿今日份的憂鬱藥已被慾望吞噬
嘴巴和眼睛產生依賴；互相渴望標記

無意識放大神經細胞的承諾
我自願讓陌生人舔濕，體度升高
有效酗酒，造夢者在腦海
肛交。無效的白日夢如贅肉切除
身體受到威脅時，將會挑逗對方
為個體栽種。防禦機制裏的範圍接觸

「我們為愛死亡，我們為愛進行特殊分裂」

嘗試反芻焦慮與被剃毛的綿羊
鬆軟。在日常語言中極度敏感
才能極度絕望。結構難以理清線索
像物品與手的接觸；魔法與傾向被虐待者
賦予上癮狀態。佩戴乳房的人
間歇性降雨。我們知道降臨之前
抖動是必須發生。跟放棄一樣

入侵。解脫、擴散。消除
幻想者身體虛弱；重新修訂計劃
緩緩插著，如呵護盆栽裏脆弱的花
我們在瞭望塔上麻痺。這時
害羞、模糊、口吃（引起混亂）
胸部的邊垂，夾雜著五彩斑斕的黑
那是在房間裏頂著喉嚨的人
那是腹腔內暴漲的獸，侷促離去

桌面上放置的灰色杯子
養活了蜘蛛和無理取鬧的人

「嗜睡性植物懼怕陽光，持續八個月至三年」

但記錄顯示，甦醒時
耗損青春期的浪漫指數，與少年維特
殺死破碎雕像。激情的狗
保護主人，鈕扣栓住倆人不穩定的嘴
這親暱的夜被完美修復，被轉移
被痊癒，被張牙舞爪的孤寂闡述著我們
乖。胃裏的火和嚥下的雲，談論著
這次窗邊佇立的鴿；與窗外閃過的影

此刻終於看清楚那是墜落的人
那具雨水混合泥土的味道，倒臥在地
叩響的鐘，他將要穿越靈魂的到來
推門時，卸掉一切覆蓋的顏色
淚淺淺殺死灰塵，淚重新乾燥了窗外的水印

〈Illicit〉

某隻被玩壞的狗
在公園盪鞦韆。與經常破爛的穴
作為誘餌:讓我們反覆掏空
小嘴巴裏鮮紅的獨角獸。關閉震動
擴張劑從舊社區的水溝縫
滲出。你昨日拋棄在街頭的狗,低鳴
拔取幾顆牙齒,磨粉混合
唾液——你喜歡四處撫摸陌生的狗
說:牠們比較乖、比較可愛
可以趴在地上舔你的腿。大概晚上十點
啞巴被剝光,皮膚暴露在沙堆裏

橘黃的燈,準備熄滅
我佔據公園的一片禁地
城裏的人習慣下班後暴力;在捷運車廂
思考背上隱藏的翅膀
與臭襪子塞在嘴巴時,陡坡
吠叫的狗願望是分散回家的欲求
剩餘的流浪,等死亡過後,再討論。軟松木屑
作為有機物燃燒
天空的雲,填充在菸草裏
為了抽菸時戒斷愛情,為了假裝回家時
續費的責任。為了狗有所求時,摸摸牠
寂寞的頭——我說:沖水時,還有幾分鐘的時間
可不可以再來一次?屬於顱底的夢
屬於現代奴隸主義的詮釋。

「我愛你啊,你買我回來肯定是喜歡我吧」

狗不會說話就只能舔你,我會說話;
我會乖乖地含在嘴巴,搖著尾巴。
在廚房、客廳
廁所、陽台。澆水降溫,祈求你緩慢一些
祈求你讓我輕撫潔白的羽毛

〈Nefarious〉

在幼稚園裏最容易忽略純粹的黑
細絲被無數的手拉扯。割傷的
皮膚表面;滲透着黃昏的蟬。祈求我
嘗試殘殺自己
為了豐腴乳房,潔白的燈

為了挽留頹廢與失眠
你把枕頭壓在我臉上,幾乎缺氧的我
彷彿伸手就可以緊抓著那朵雲
但還是鬆掉吧。他們說:
不習慣在浴缸溺水,那種黏液似乎遺忘了泥土
等待十七歲那年
蛻殼詛咒,誕下我。誕下承諾將清晨拋棄

栽種半個影子
包庇的光。你這樣灌溉,我存活在
淺層淚痕和霧裏。腹膜深處
縫補的胃,反覆嘔吐
此時跳出禁地的貓,熄滅眼睛
習慣把兩顆安眠藥按在喉嚨

「孩子吶喊著;悽慘。在巷弄裏濕潤」

信仰的地,如何嵌進這垂死月色
照亮透光的窗,那是潔白的燈必須
撫摸的原因。曠野裏,你分外冰冷
但覺悟後焚香與跪拜是儀式
僅剩的孤夜——回答我吧
你把一半的影子放在哪裏

研磨的咖啡攪拌著,我幼稚被馴服
在淹沒的苦、錐心的痛
和淒美絕地中選擇,適合埋葬的海
他們會帶我尋找你消失的一半
漆黑。尋找我滅絕的靈魂

〈Soft@Tissue〉

捶打這球肉團,我的翅膀嘗試叛亂
直至背部撕裂——潮濕泛皺;軟弱無力
伸展前,犄角與漆黑的夜不願透露任何
任何屬於我的病情。你詢問那隻狗
牠說:陽光明媚,我喜歡你。你詢問那隻貓
大概機率約一半不到;牠只顧著說自己慵懶
牠說著說著。我們的接觸更靠近一些

請撫摸沉睡的人,那是不斷下墜的天堂
你說:深淵。所壓縮的空間是獨特的藝術呈現
青銅破爛,讓吠聲迴散;神廟裏
在枒角修補歪斜,在暗處絨毛加層的貓
很溫暖,把點亮的光沁進胸膛。如果太繁瑣
就嚥下你的太陽
吞噬物之所以無法存在
可能膽怯,可能斑駁,可能不滅。那城
分散。從遠處限制細胞分裂、攀爬,密度切割

結束時大口喘氣:乒乓。熾熱的光在胃裏發脹
他們總關懷我不夠乖巧,僅剩徬徨的課。在末日裏
尚未明確。長短的命;讓蟲咬壞軀殼破洞(你聽)
扯下的耳朵還滲著血的可愛。祝福這天
精神病院接受被愛的陌生人仍愛著我,當我翻身時
床是最純潔骯髒的獸,我的翅膀(將延續過去)
那是,剪下今天的薄霧再縫進天空。
讓躲在被窩的狗,緊貼我。

第三天清晨,臉盆裏都存活著貓的倒影
此時天堂的門已開,孤獨作為媒介。你說:
我還缺乏什麼。我還缺乏祭祀「灰」的權利

輯六 殊歸乙

⟨Putrefaction：N⟩

「焚燒漆黑直到世界破碎,那麼存活的意義就增加些許」
——致 N

我遺憾你遺忘這天,我們在牆上塗鴉
說過:結束時收斂的光,會吞噬所有不該擁有的
佔有物。舊城市改造的霓虹燈招牌;毀滅儀式
後樓梯與菸頭,青年與監獄裏(重複)使用的病
孤獨鳥。總嘗試飛往遠處,一灘鮮血,迴旋
請接受這份禮物,綁在脖子的肉色絲襪

蝴蝶結高掛。在圍牆外,為什麼晴天分散了我
像蛀爛的心臟;用打火機點燃聖火。你嘴饞
想吃掉那朵自由飄浮的雲,你阻止塞進洞裏的人

寫下願望清單:
糖果與街道交錯,於是在七月夏天
融化。我將要把天空拋高
——讓折斷翅膀的鳥象徵聖殿(劃分地域下)
保持某種掛念和囚籠。沈默者以鐵鏈封路
後設我們立場,絕望的藥在灌進喉嚨時
結束一切,你在心裏移動瓶子,底部棲息的人
很難乘搭渡海小輪;渡海時需要顫抖的白日

你知道拆解的燈管被當作武器,樹幹連接處的巢
讓催吐的鳥,死亡。仍學習復述句子是醒來
我孵化這腐爛的蛋(剝殼)圓滑外露的骨
下雨了,還是這缸儲存的水擁抱腥臭,安放那些
圍牆內的星星。在充滿偽神的城,定義曙光

輯六 殊歸乙

〈Into〉

從窗簾後離開,沒有人看見進入時
是怎樣把滾燙的太陽,吞咽。

我在洞內,父親等候許久
他們說:
「生存還是毀滅?」我搖頭
把羽毛無條件給人類後所背負的罪
讓刮掉的絨摩擦掌心
刺進。
城市裏裝作熱情的人又減少了
陰天或假期
至少,相撞後仍能對視

我們為結束一切排練,譬如:繁衍的過程
房屋需求的密度、全球暖化導致海水上升(等)

他們列隊來到
一間堆放貨物的店,作為中轉站
我被填滿。徹底地我失去了洞的寄托
洞是母親,小肉團被揉著,肚子鼓鼓
如甦醒的小犬在圍起來的草地上亂跑
沒有光,沒有啞黃的街燈
我們累癱在表面時
(省略)熱鬧已經被禁止,批鬥的出現
讓吸進身體的紫荊花
綻放。道路兩旁,肥大艷麗的雜交者

在空曠處
鬆土，然後掩埋
他們以愛護城市作為標語
尋找我
拽緊我的雙手回到房間，破爛的太陽被我反覆吞咽，嘔吐
他們準備儀式審判躲在窗簾後裸體的我（敗壞）
我遺失變為鳥的本能
當一切生存讓毀滅的父親來執行時
春天在右邊揮手
被佔有的房間外還有一間更適合居住的房間

〈無愛紀〉

「在這難以安身的年代,豈敢奢言愛」——黃碧雲《無愛紀》

住在中山路二段舊式大樓的牙醫
把身體不斷敲掉
才敢離開疼痛、熾熱、幻聽
與一隻烏鴉
在漱口時,從喉嚨到耳膜持續翻頁
他把睡褲脫到膝蓋處,坐在馬桶之上。

閉著眼睛,一團小火的分解
讓空間躁動不安,昨夜針鑽進牙齒時
夢見
小男孩奔跑在房間
——嘗試推開窗擺脫裂縫　當然
還有旋轉和啄食
他沒有看到本質與場域——但仍然　　哭鬧
當然煩厭的事是選擇一道門
而門的背後還有一條漆黑的隧道,通往

另一道門。這個世界是由無愛組成。
這隻烏鴉被光所殺死,而選擇誕生的我們無辜活著

忍受被斑斕的黑所欺騙
一座座被憐憫的城市,有人腹瀉,有人嘔吐
有人的舌頭被彼此發現,吸掉的唾液順著塑膠管
流進下水道。這是一個場域;卻遺忘掉本質
當我們覺得理所當然的時候
承載馬匹與裝修工人的電梯
自然壞掉——

這故障是人為的因素;亦是本質
本質是無愛卻高價購入小說的連鎖反應
這個牧場是一道門
同樣喪禮也是,為烏鴉掉落鐵軌之死而哀悼
牙醫母親身穿黑色洋裝
在吃完早餐後提早到達
房間裏一切也是純潔

——回到清晨,小男孩習慣糾纏
關於自己的存在到父親的離去。
對於牙醫保持恐懼,他永遠不知道馬匹如何奔跑
在城市裏,我們只會關心蛀牙、不幸與睡眠

直至拔掉或者替換。只有一次,也許幸運的是
睜開眼睛,被損耗的場域會出現被愛的人

輯六 殊歸乙

〈Acclimation／閾割〉

我嗅著抽屜裏腐爛的蘋果
掏出身體間的小肉碎末
放在置物架上,廁所的燈
是白光、閃過
如一條誘惑的閃電
氣味被狼群撕開,在黑夜
我們緊貼著冰冷的磁磚
灰色用來解釋孤獨
髒亂尿液正向著地板沉溺
一個寂寞的杯
傾斜,我反覆夢見那天在公園裡輕蹭褲腳的狗
他不斷手淫,學不會吠叫,撒尿
與定時回家(他懷疑)
不是狗,是一隻被狼群遺棄的狼
我割掉他的水管
和開關。趴在地下滲血,此時
地下室裏靠在牆角的油畫倒下(像是從沒來過世上)
的故事,蘋果剖開有金子
嶄新春天,人的臉龐有清晨的霧
沒有人再提及那晚跟那人
也沒有閃電滑落曠野
消失的線條在隧道或房間裏
浮現。
我要清楚被啃咬的蘋果不是陽痿
是一條淺白肥胖的蟲
用手捏著,用力
汁液在乳尖,他很喜歡
我們都透過聲音來顯示彼此
打開的水沖掉蛛網
皺的報紙正擦拭身體
畫筆和門鎖。
他終究學會了舊時代的低吼

〈Bubble——致 13〉

不小心咬舌之後
溫馴的小狗就被殺害
廖人已死
數百個細胞分裂、輪迴、組織
出一場深夜排練的戲
沒有旁白,沒有規定
順毛時
廖人已死
他們厭倦片刻的愉悅,過程中
濕潤的大海在台上
翻湧
我的狀態被清晨的第一道曙光折射
飾演小狗的他們,被禁言
被趕進籠子時
沒有反抗,沒有軀體
潔淨的疤痕被再次劃破
淹沒、侵蝕、吞噬
一個個站著的廖人
雙眼無光
發炎時,他們在貨櫃倉庫裏互相戳破
虛偽者提前宣布
「城市是城市;建設美好城市。」
就是台下的廖人被他們奪去觀看的快感
穿洞、打孔、搖尾、絕育
結痂過後
我們該乖巧懂事
肉攤
生意興隆。剃毛時,一聲不吭
他們都不像小狗
像廖人。
廖人不像我,像一個夜晚
排練販賣者的口吻
「我們為任何廖人服務。」
從那天過後
廖人已死
我們在每個月的十三號都稱為
泡泡

輯六 殊歸之

〈儳國〉

欠可愛的仿人類在花園裏下蛋
妓女在客廳跳舞
桌子與椅子垂著雙乳
我們搖晃的日子裏
掀開妓女裙襬
我命令
小男孩對著鏡子,強姦手指。
嘗試進入一個很潮濕的房間
(張嘴)原諒母親只是在夜晚翻開泥土
鮮嫩的膜如蚯蚓包圍外殼
讓彼此包圍;一直都是蛋黃醬在縫隙
甚至提供錯誤
的解答。儀式也許殺死我們(吸吮)
傢俱的腳都沒有名字,以小男孩的斷指命名
「丟進去吧」
我們假裝消失的洞
目睹,上吊者
是一檯機器
遠方有樂園
把妓女作為標籤,販賣的大海都是房間
空閒的心,定時維護(餵飽)
小男孩的聲音,我們存在
我們咬著彼此的蚯蚓──
小小的碎骨,靠在種滿小黃花的墓
妓女脫掉那條黃色長裙
跨坐在一隻塑膠馬身上
孵化;我們的蛋
含著母親的鑰匙(斷電)

或許末日就是這樣荒蕪地離去,我才笨拙地模仿我們的顫抖

辑六 殊归乙

⟨Vacant____⟩

物件,拆解四次
身體軟綿蓬鬆,使用
五個嬰兒
交換彼此脊椎深處的秘密
和留下我城的藉口
證據的反面
是暴戾的夜晚,被遍地開花
愛也是傷疤
如母親的裂縫和陰唇
第一次哭
原諒我成為兒子的無知。
在白線外面,是草堆
我們把耳朵點燃
烈火於盒子裏,曾經這樣
驅趕
——又是新的儀式,某日下雨後的街道
彼此走過,也遺失眼睛
詢問地鐵站台的工作人員時
避免白色
純潔不適合這裏
黑色剛好,讓夜歸的青年到達
喉嚨是吞噬髒亂的場所
不說、不聽
如大廈斑駁的外牆,深處的藤蔓
讓右手發洩
左邊的派對都禁止一切
除了母親。
最終,我們把灰燼放進嘴巴
樣貌就被空氣填滿
那刻便會知道房間象徵了什麼
徹底
等候六趟

〈問卜〉

我月經失調
用來解釋對抗情緒的藥。多了兩顆
像敵不過焦慮與時間
這必然是孤獨的,而成為孤獨的人
在島嶼裏──
掌心是接觸心臟的最近距離
不斷打圈,提醒我浪費屬於光的時間
已經離開城裏。已經
一無所有

再次睜開眼睛時
已經天黑,忘記怎麼回家的我
隨著路的影子
扯破。便在洞裏遇見穿著潔白校服的你
疑惑地撫摸突兀的刺
穿透我肋骨以下。

祈願的你,讓子宮作為囚禁島嶼的獸
牠屬於夜空裏遊走,牠屬於房間──
濕潤的唇,撬開那扇門。我嘗試過濾折射失敗的鏡
當暗街是熟悉的,冰冷鏽蝕的水
反重力。墜落
你跳過藉口與現實
──讓被封鎖的城繼續漆黑

腐爛的燈更換掉我殘破的窗
用指尖把邊緣的灰塵劃分,兩半
於黑洞深處掏出黏稠的獸——那是不被允許的
環。請眼淚離去
請迷茫的天使為我翻牌,告訴夜
牠已經走了
告訴你,剝落的膜是服用過量的附屬品

全然在喉嚨裏沙啞,要習慣
獸沒有性別,獸沒有眷戀城市裏的母親
獸嚥下時,只有擔憂。獸的血
孵化出閃爍的燈
這夜,你在遺棄的房間裏討生存,在沸騰的空間裏
控制火。把傷疤擴大成洞穴裏的一尊神像

膜拜的人多了,便成為儀式
隱藏在牌裏的天使
從未睡眠成蜿蜒的島,從未疼痛如熄滅的光
反覆擦掉黑夜——
獸把縫線劃分成新的天空,幻想成為新的天使

〈山蘇〉

入山的光是掌握杜英和歧路的族人
青灰的墓,栗褐的雜亂
讓刮掉的鱗片沿著溪流
軟化。
細裂的脆木一直
一直觸摸,在這裏呼吸時
我們罕有地凝視彼此
小刺雙生
姊姊剪掉辮子——
守門的野狗叼著我們遺棄的鞋子

跑啊,流浪的肉團
滾燙的靈魂,讓此刻的嘴唇濕潤
我把離去的離去者帶回這裏
嫩芽是攀爬和落雨的關係
他微笑
是佔有兩旁的方法
風乾過後,覆蓋表層的泥土中
褶痕。
姊姊的手散掉了,苦澀附生在大樓與舌尖
他們割下離去者脾臟
無人看見野狗腹部的白毛
也無嚥下的苦澀

苦澀是泥甕裏的姊姊
敞開的門
遠走的離去者已經與這裏陌生
水溝旁的雜草仍有溫度
聲音如吠了整夜
嘶吼的火車一閃而過，跑啊
入山迴避大霧
熄滅。
一個同類的腔火
貫通的電梯是一隻放養的狗
他們進入
僅存我忠誠地辨認氣味

〈第三十三隻狗的葬禮〉

僅剩塑膠瓶子上的齒痕確定牠曾經存在
只是遺忘在房間裏面,深處的名字
這次跟那次一樣
我獨自火葬,灰塵揚起來時
仍在盡頭
抵觸,一條幽暗的樓梯沒有彎曲的身影

每當鄰居發現我眼睛裏黑色的光時
我晃動的手便會僵硬,然後碎在地上
讓啃食的繼續啃食
讓火透過悼詞跟隨牠。一樣地
房間內混亂又侷促
小心謹慎,要避開聲音,來自傷痛

看見我側身睡著,不用害怕
假裝侵蝕只是瞬間的事,牠守護著我
無聲的吠卻帶走了整個城市

母親恐懼火
卻選擇儀式讓火重生,我好奇地哭了
一半軟的,一半的骨
在彼此摩擦,硬撐罪只在夜裏重覆發生
推石的人把一半隱瞞,把另一半變成永世

我們早知道名字：薛西弗斯
那又如何？會受傷的仍會受傷，死亡也知道
整個城市被消失，牠譴責火的傲慢
如此的真，陷入狂亂和不通人性。牠卻
無視奶油在地板融化後嬌嫩的指尖

我被握緊
母親又把玩具拋高，那次
不像這次一樣
我穿著純粹的黑色襯衫
平躺

緩慢蓋上，我親暱地呼喚自己
無法回答
也無法把痕跡

抹除。如同母親複述我的願望和日記
段落完整卻沒有意義，像那隻瑣碎的手斷掉
叼走，接著癒合──然後呢？
街頭被拆除的霓虹燈招牌
遷移的靈魂沒有狗的草根性

徘徊在大廈以外的葬禮
像我們，寧靜地失眠
在別人安慰我們時，把襯衫脫掉
露出裸的線條
疙瘩地形容這些齒痕一直無法

輯六　殊歸了

詞彙表

acclimation	適應（生物）。指生物體對新的環境條件的生理適應過程。
amorphous	不定形的。
amphibology	歧義句構。指一句話可能有多種解讀方式的情形。
arsenic	砷，舊稱砒。一種化學元素，有毒。
cavern	大山洞。
Chungking Express	王家衛所導演的一部電影作品，以香港的重慶大廈（Chungking Mansions）為主要場景。
copperplate	用作雕版或凹版印刷的銅板。
eclipse	食（天文現象），又稱「蝕」。如日食或月食等，天體被暫時遮蔽的現象。
heterogeneity	異質性。在一個範疇內的不同元素之間有顯著的差異。是同質性（均質性）的相反。
illicit	非法的，或者社會不容許的。
limerence	痴戀狀態。是由心理學家 Dorothy Tennov 所造的字。
louse	蝨子。
mildew	黴菌。
nefarious	邪惡的，不道德的。
omen	預兆。
pleonasm	贅語。一句話中意義重複的詞。可用來強調。
predilection	偏好

putrefaction	腐敗。有機體死亡後，在微生物作用下自然分解的過程。
S.F. Express	順豐速運，一間中國的快遞公司。
sametová revoluce	天鵝絨革命，捷克斯洛伐克的和平的民主化革命。
schizophrenia	思覺失調症。
soft tissue	軟組織。指人體中除了骨骼和牙齒之外的組織。
tardigrades	緩步動物，俗稱「水熊蟲」。生存力極強。
大天使米加菲 大天使ミカファール	Battle Spirits卡牌遊戲中的一張卡。
山銅 orichalcum	在古希臘文獻中被提及的一種貴重金屬，經常出現在奇幻文本中。
天水圍 Tin Shui Wai	香港地名。
天星小輪 The Star Ferry	載客穿越維多利亞港的渡輪服務，來回於九龍半島與香港島之間。
手踭	手肘。
火湖 lake of fire	古埃及與基督教中都有的一個概念。在基督教中，它代表了永久的痛苦刑罰。
吉普斯蘭湖 Gippsland Lakes	澳洲東南端的一個巨大湖泊群。
佐敦 Jordan	香港地名。
均質性 homogeneity	同質性。在一個範疇內的不同元素之間的屬性相同。是異質性的相反。

杜英	在台灣低海拔山區常見的一種樹。也被用作行道樹。
奇洛李維斯 Keanu Reeves	基努李維，一位好萊塢電影明星。
帕德嫩神廟 Parthenon	雅典的一座古希臘神廟。
油麻地 Yau Ma Tei	香港地名。
波麗安娜 Pollyanna	1913 年出版的同名童書的主角。會在各種困境中尋找任何讓自己快樂的事情。
金鐘 Admiralty	香港地名。
阿爾忒彌斯奧提亞聖殿 Sanctuary of Artemis Orthia	斯巴達的一座古希臘聖殿。
俄里翁 Orion	古希臘神話中的一名巨人，海神波賽頓之子。
時鐘酒店	以時計費的旅館，類似台灣的休息賓館。
海耀	夜光藻，俗稱「藍眼淚」。一種單細胞生物。
馬神彈 馬神弾	《Battle Spirits 少年突破馬神》動畫中的主角。
偽神 false god	假神，指亞伯拉罕諸教中除了唯一真神以外的神或崇拜對象，比如說異教的神。

基路伯 cherub	智天使。是亞伯拉罕諸教中的一種超自然存在。
堅尼地城 Kennedy Town	香港地名。
愛奧尼亞 Ionia	古希臘時代對現在土耳其小亞細亞（安納托利亞）半島西南海岸地區的稱呼，又譯「伊奧尼亞」。愛奧尼亞人是古希臘四大部族之一。
葵芳 Kwai Fong	香港地名。
維多利亞港 Victoria Harbour	位於香港的海港，將香港島與九龍半島分隔開來。
廟街 Temple Street	香港路名。
彝族小涼山	中國涼山彝族自治州地名。
龍王齊格弗列多 龍皇ジークフリード	Battle Spirits 卡牌遊戲中的一張卡。
彌敦道 Nathan Road	香港路名。
應激 stress	壓力（心理學、生物學、生理學）。指有機體面對外在壓力源刺激所產生的反應。
隱生 cryptobiosis	緩步動物的幾種抵禦極端環境的生存狀態，可暫停新陳代謝。
雜果賓治 fruit punch	綜合水果潘趣酒。酒精可有可無。
蘭桂坊 Lan Kwai Fong	香港地名。

賞析
從「殘憶」到「補痕」

李中翔　臺大中文所碩士生

一、前言

每次閱讀雨曦的作品，總像獨自走在下著夜雨的繁華城市裡，形色紛錯，在人行道上逆著車潮與人流的方向。那些光影密織在側臉上，卻又迅速的為細雨所暈散，再為陣風所橫斜。而撐開的雨傘持續為自己所沉浸的世界劃域，也許僅是幾個地磚的方格之大下，但是卻使得自己更專注於身體與外在的連動關係——由動作到皮膚，再由皮膚到骨骼，每個分秒都作用於凝塑的身體感上。也因為雨曦有著構造精巧的雙眼，一方面能體察所見那些幽微的跌宕起伏，另一方面也在看似最平直、工整的景象構圖中，深掘其錯綜複雜的脈絡。觀察之後，就轉入心象的處理，雨曦透過經驗所層層綁捆而成的思索線路，為物件重新勾勒、雕塑「屬於」它們的輪廓。

　　在雨曦筆下，常常可見用悲哀點綴的浪漫，用碎片佈置的完滿，以及用「火」和「無聲」所著色的世界。雨曦輕易的穿梭於不同場景裡，仔細觀測著今昔之別，也如〈Heterogeneity〉一詩在火中看見了「淹沒在裏面的男嬰」和其「膚色偏白」、「形狀被火燒得凹洞」的肌理構造。而且在此之前，尚須帶有力道和些許期盼的「撐開皺摺表面」，彷彿是掘開「豐富細膩情節」的更細膩處，但在「死」之下，卻看見了隱隱的重生渴盼，故言「像太陽掛念」——最後卻歸結於死亡的真正意涵「被我們互相消磨」。這也讓人想到，當初無論是「崎嶇」或「皺摺」的成形，就是來自於「消磨」的力道。雨曦從最一開始的

「骨骼」而「城」的介紹縝密的為我們展示種種特徵，又以「海風朝著側面點綴」把特徵下的「蘊藏著粉紅斑駁」給提取出來，兩者並置，新生與憂患並存，而「堆骨」和「凹洞」這樣特殊的平衡卻也互補為生命的本然樣態。在本詩裡，雨曦用陷落的姿勢為我們說明此「城」的空間看似空洞，卻有著豐富的隱喻。而隱喻之所以能齊整的安置，也是因為「縫隙」和「皺摺」的成形。也就是說，這兩者在某些時刻是能作為「遠害」之用，然而卻可能身處其中「緩慢死亡」，用縫隙的不可見／可見之狀態，反覆叩問著有／無這樣的生死命題。

二、火中的曲折與法則

如〈Sametová revoluce〉寫到「我們於曲折裏尋找／掉落的、天鵝絨」，當噤聲與埋葬成為事實，我們就得更費力的尋回這些像是遭竊的語言，包括過往那些情緒高張的吶喊。在噤聲且「寒冷」的時刻，「爐火——焚燒如聖獸朦朧／羽毛潔白無瑕；利爪鋒芒畢露」，雨曦聚焦於火的視覺形象，特別是其動態的形貌那樣，有些恍惚，有些驚駭，像是依然無法被大眾的眼眸所對焦的社會景況那樣無止飄搖。而那些造成火光晃搖的微風，就像起自人們悲哀的喟嘆，吹過一樣有著「亮起的廣告招牌」的城市。然而，這樣的「掉落」究竟是自願或者非自願？甚至「掉落」是否也可能只是為自圓其說的藉口？無論是何者，雨曦再次給予我們帶著企盼的力道呈現——「你們掏開身體裏仍然噴血的盛宴／名為：布拉格之春」，也許在身體表面的「傷口」已經「結痂」，卻再次因為種種原因被開啟，開啟的同時，所有從黑夜到白晝的脈絡全被釋放，以「噴」字讓所有曾經被噤聲的感受，一次性的噴薄而出，讓「盛宴」悲壯的展演在那周旋著血淚的廣場。在本詩倒

數第三段,這樣叛逆的意味更加蔓延開來:

> 棋盤錯落紛亂,電梯裡西裝革履
> 宣告。壓迫的腳逐漸麻痺
> 催淚劑吞併棋子與餐桌——
> 水炮把將軍折斷,波希米亞有關聖艾格尼絲
> 重覆朝聖者與殉道者的關係

棋局最終只有殘酷的勝敗,過程中是鬥志和機鋒的相互頡頏,不過再如何的爭執不休,總是要依循著棋盤格的方正格局,以及相關的走位、吞併規則,說到底也不是全然操之在己的「局面」。既然無法掌控,又必須接受或勝或負的結果,在這當中看似已經趨於糾結無解,突然飛來一筆「催淚劑」的書寫,徹底打破了這樣的窘境,但是卻是兩敗俱傷式的結果,連作為遊戲／競爭所生發的場域都一併被消解,只是勝負或生死的關係,難道也從此一筆勾銷嗎?顯然不是。因為最後一句寫到「重覆朝聖者與殉道者的關係」,在神蹟的面前,有人(朝聖者)為之獲得更多生存力量而生,有人(殉道者)為之死去,又構成一組恐怖的平衡,也由這樣的關係巧妙的「詮解」來消解部分神力之力。至於新舊秩序何在?下一段寫到:

> 漁船沿黃線停靠
> 嚥下的葡萄酒在胃內沸騰,我不習慣
> 堡壘與街頭
> 我唯獨把秩序的鐵。當成
> 城裏亮起的廣告招牌

「停靠」就是一種「秩序」,而「嚥下」所言那食物由口腔而後滑經食道的狀態,同樣也帶有「沿」的意義。

前者的秩序意義在於交通的順暢，是利己利他；後者的秩序意義在於人生而本然如此。不過進入胃中開始了翻騰，像是一反吞嚥的順暢和不假思索，在承接中隱含著叛逆。也許是原先已深鎖著這樣的情緒，到達某時某刻才加以釋出；也可能是在某時某刻與周遭環境的物質彼此作用而得到刺激。這口葡萄酒可能造成昏醉，卻也可能帶來清醒，所謂「沸騰」則更像是加溫的作用，因此又有溫熱的轉變──看似再純粹不過的小事，其實都有天翻地覆的可能。「秩序的鐵」橫在我們的眼前，不去看不去想也難，雨曦將之看作「亮起的廣告招牌」，緩解了鐵色澤、質地的嚴肅沉重，像是多了些五光十色的笑虐，似乎更值得我們反覆玩味。所有的殘缺與殘留，好像都有著某些深刻的補償的可能，那樣的痕跡卻常是交相疊映在虛幻與紀實之間，即便掌握了本質，我們卻也不一定能讓重新攤平那些皺摺、凹槽，雨曦提示我們，不如以另一種姿態作觀看和設想，讓想像彌補殘痕，讓未知縫補已知。

〈Chungking Express〉書寫著繁雜的社會實況，將社會的關係網絡視為「縱橫交錯的樓層」，這也是雨曦擅於處理的空間書寫的佳例。樓層也是一種秩序，而所謂「奔竄／玩一場貓抓老鼠的遊戲」，「奔竄」看似漫無方向的潛逃，下句的「遊戲」卻說明了──這同樣也是秩序的環節。如荷蘭學者胡伊青加在其《遊戲人》中所提到的：「在遊戲場地之內，統轄著一種絕對的、特殊的秩序。」（頁33）接著，雨曦飛快地帶領讀者闖過一道又一道的關卡，賞閱各個展示的窗景。無論是「絲綢行」、「瓷器行」等都是從物質文化層面，為詩歌側面塑造了城市風景。這樣一路奔逃和闖越的效果，如同筆者前文提到的人行道的書寫般讓人更專注於「變」與「承接」上。再來寫到的「蛇」：

吐著舌頭，試探有關廉價賓館門後
寂定的人。尖牙彷彿告訴告密者
森林裏存在森林的法則
而仍然燃燒的那場火——稠密與濕冷
在唇舌之間
徘徊整夜與整夜的霧

這條蠕動的蛇在動作裡提示著許多的可能，隱喻或明示，無論門外、門內的人，都必須臣服在「森林裏存在森林的法則」這件事中。換句話說，「存在森林裡的法則」，不也是此時此刻「存在」森林裏的我們所一直以來維繫著的法則嗎？法則作為生存的指導，思想作為離開或進入的引路，就像穿巡在樓層之間般，該上或下，該前或退，也有些身不由己。尤其還有「仍然燃燒的那場火」，火光照見了部分空間，其照不到處反而有了更深的陰影，陰影和「整夜雨整夜的霧」在空間中製造所有生存者迷途的可能，也促使我們決定背著黑暗奔走。可是，我得面對無路可退、無徑可進的情形，這使得「人們不懼危險地攀爬」。攀爬有著由低而高，以及沿著物件表面的意象，可能必須表面的曲度——然而此時，若表面有所皺摺凹凸反而有益於攀登的腳步穩固。當愈爬愈高，所望見的景色也開始轉換，比起在人行道行走的景色更加多變。「火」至此看似已然離我們遙遠許多，實則不然。且看最後一段：

透過那扇窗發現煙灰抖落時
冒出小火花，如茶餐廳裏已經被膠膜密封的餐牌
吵雜的人群
鳴放的槍，與刀劃開皮膚後
族裔裏屬於少年悸動的成年禮

煙灰這樣的物質沉積，來自於火焰精彩的燃燒，以及燃燒後趨於寂靜的空間，不過無法排除陣風的揚灰。意即此刻灰燼的堆積，可能到了下一秒就被吹散。「火花」從這裡滋長蔓生，連結了往昔的物件。被密封的餐牌就是自己殘存記憶的一部分，更準確來說，它有著召喚記憶的功能，同時也連結著自己在當時的經歷與所聞，更使得今昔無從分割。第四句「刀劃開皮膚」的形象描寫，也如同前述的例子，意在破壞表面的平衡。劃開的動作，割裂了皮膚、密封的餐牌，還包括了群體中的關聯性。這也可以對應這首詩第三段寫到的：「一根斷掉一半的繩子掛在月亮」，人們在那裡循著繩索攀爬，一端接著無底的黑夜深淵，另一方面接著情緒的深淵——哀愁和因為遊戲而來的成敗感。另一首〈(´･Д･)〉也有著類似的書寫脈絡：「在燭火熄滅後，我潤滑的手蠕動在／勃怒的獸前」在回歸黑暗的場景裡，我反而更能掌握著自己的感受，擺扭著姿勢；反觀第三段，提到的「新蓋的大樓」和「燈管裝潢」，卻是「他命令順從的末日」，只見有鐵閘的機關戍守著，又有「骸骨伏地的龍」讓人畏懼。而順從或反叛的脈絡下，又見「澗流舔過山林」，而後曲曲折折的分流出去，各自分散，可以說都是第二段說到「選擇」的遺緒。這樣黑暗的山林裡，沒有大火的蔓延，反而有螢火蟲的「點綴」。它們並非真實的燃火，但在視覺的呈現上來說，卻有著如同燃火一般，點亮周遭環境的效果。而在〈Amorphous〉中「敘事者正捲菸燃燒，在身體消散之前／一撮星火。刮脂煉香，佇足月台——」或〈To.W〉中「雲——第一次墜落，我們輕描／幾次凹痕，幾次穿過城市的影／曾經攀爬在身體的火，需要氧氣」都把「火」所帶來的效果完整地表現出來。火一方面燒著殘留物，一方面也需要空氣來「維生」。也許在事件的當時，刻在自己身上的絕非「輕描」的，只是隨著時間流逝，起初的

「濃墨」可能也變成「淡筆」似的,而「凹痕」漸漸增多,那些「影」卻也可能逐步的淡化,所有的曾經,都被凹痕所記錄下來。

三、玻璃的通透與角度

如果說「火」是幻滅是重生,「玻璃」是保護卻可能也是利器。
　　〈tentacle:ε〉一詩可說是綜合了「噬」、「神」的議題,當中對於空間描寫的處理既細緻又到位:

(反噬)(捆綁)(癒合)
無法計量的演變過程使我們攝食靈魂時
稍微優雅。體內孵化的太陽,正在膨脹
如邀請函表面密密麻麻的眼睛
注視著,夜裏聖殿外圍那洶湧的海,她們
被迴避光源同時,迴避你

直至偵測者嘗試剪掉精巢
潛意識裏我們都困在名為「被窩」的地方
移除一切有關芽體感染
取代的夢魘把人工繁殖、非法買賣的夢
合理轉移。她們怎樣塞進箱子?寄生物接觸
掏空胰臟的高中生,我喜歡新鮮噴血的禮物

柵欄外,沒有門票的人拍打著玻璃罩
像隨時缺氧的雜蟲。預備死亡。
偏好祭壇上那隻垂死的天使。在籠裏,等候死亡

抵抗了神諭之後,那些演變的歷程依然存在,所有的

關聯不需得到什麼神聖的解答,只需要有人解碼,找出這些關聯的價值。攝食可以說是具有「噬」的意義(如「禁止吃人的獸」),既然不吃人,那麼吃靈魂總是可以了。在吃食靈魂後彷彿自己充盈了起來,甚至在體內出現了一些劇變,像「體內孵化的太陽」有力的在製造反噬的力量。而夜晚聖殿周圍的安靜,只因為海在迴避光源和你。此處靜中有動,像是太陽一句醞釀巨大能量將要爆發那樣,而且具有前提。我們也能注意到「被窩」和「夢」在下一段的關聯也類似於此,被窩中的溫暖是我們醞釀夢的地方,甚至這裡所說的「被窩」是「精巢」,那也更接近於初生的本質;臟器的掏除和噴血,則像是醞釀與爆發都結束後的狀態,更是反噬的成果展現。殘留下來的軀體備受關注,內／外的交界是玻璃罩,玻璃罩為「死亡」「預備」了一個空間;反過來說,也讓死亡成為最後的肇因,同時難以再回溯其他的原因,因為已經有所隔絕。諷刺的是,祭壇上天使的垂死也帶有類似的原因,足以見到反噬的力道之大,甚至幾乎無法控制。下一段則將玻璃的內部空間有關:

> 我們擴大再擴大,懸浮著
> 跟隨影子下沉
> 蒙上眼罩,繳交邀請函虛偽的微笑,在島嶼上
> 蹂躪牠們如牠們黏稠的內壁
> 輔助前端突起的條狀物,閹割在玻璃杯裡
> 結束後縫補,我們破爛零碎的房間

懸浮與下沉說明了生命的進程,而閹割的所餘物被保留了下來。那些微笑和死亡同時出現,似乎更接近於非善意的訕笑,也都被杯器盛裝了起來。玻璃的通透,有時候殘忍的讓我們眼睜睜看著生命的流逝,而無法作為;那所

有的「等候」，也許等待的不是生命的終結，而是等待「（垂死）掙扎」的完結，終歸於平靜。玻璃器皿裡面裝著器官的書寫不止此處，也見於〈Quiet〉一詩：

> 所以牧也先生你愛人類嗎？
> 像人類愛你那般犧牲，揉碎珊瑚裏覆蓋的
> 雨天。認真思考側躺在地面的我們
> 關掉窗外的風，還這樣慵懶
>
> 玻璃器皿裏心臟眼睛胃和耳朵
> 已經安靜下來。已經安靜下來
> 牧也先生臨近死亡之外輕吐出的氣
> 住在樓上，第二種感覺的深究
> 世界範圍內沒有歸屬的神

玻璃器皿限定了一個範圍，它是有限的，也不能隨時保持暢通。故像是「揉碎珊瑚裏覆蓋的／雨天」一句，把覆蓋的物件重新帶出來需要目的，「揉碎」亦然，當覆蓋沒能被翻開，就無法讓揉碎成為可能。當風被拒絕在外，可見得玻璃強烈的阻擋意義，裡面的器官卻已經將近衰敗。不過縱然「已經安靜下來」，它們可能還有一絲餘力，而這些「殘留」的之外，就透過「死亡之外」這樣的說法來補足。超乎了這樣的尋常的認知範圍，無論玻璃的內外的「世界範圍」都「沒有歸屬的神」。再如何認真的思考，再如何關掉窗外的風，都無法將死亡拒於門外——而玻璃也不例外。玻璃和空間中的空氣密切相關，〈Endangered〉一詩從自己的記憶與想像開始寫起，再來「你願意拼湊起我們殘缺的骨」又是一次殘憶的拼合。骨的接榫必有一定的次序和位置，如同每一塊記憶的拼圖都應有其脈絡，而所有的經驗都為我們記錄下當下的自己，這也

是何以「殘缺」為「殘缺」的根本原因——因為我們知道曾經擁有什麼，進而得以推導遺失了什麼。在「蠟燭熄滅」和「氧氣替換」之後，獲得了重生的可能——可是，不管「跨越生死的橋」、「沐浴陽光的綿羊」或「繁榮城市裏的喧囂」，全部都只是暫時的，因為「死亡從來不是我們詢問時間的可能」。最後雨曦為我們解釋了死亡的意涵：「死亡從來不是被滅絕的物，死亡是被象徵自由／是割傷天空的玻璃是割傷大海的人間」當一切都被時間所消滅，同時又有新生，不變的是死亡在這之中的穿針引線。「玻璃」可以割傷天空和大海這樣的形容，則將死亡給具象化。如果從割傷的狀態來說，可以知道玻璃絕非平整，那些曲折處是如此鋒利的，力量大到足以將廣遠的天空和大海都產生損害。玻璃是通透的，死亡的「本質」也是；玻璃在某些角度的接觸面來說，其實不會有割傷，死亡也是，它「被象徵自由」，這也是從某一角度來說。

玻璃和光線產生的意趣無窮。〈Contrast〉的光影書寫值得注意：

——玻璃跟陽光作為孿生關係：親密的風
從半掩的窗，撫摸影子的輪廓
悄然。你燙傷不斷透光的夜，只為了
連接棲身之處。島嶼某處

再怎麼說，玻璃還是具有隔絕性，玻璃前後／內外的形物確實無法徹底相連，只能從觀看的角度上調整，使得兩者間的距離可以縮小。陽光的美好，也暗藏著影子的隱喻，這裡雨曦作了「孿生關係」的調整——原先應該是光與影，在此調整作玻璃與陽光。這樣的調整使得這三者之間的連動關係更加緊密，畢竟我們已有「光影成對」的概念，這時將篩選光影的玻璃納入，更能顯現空間裡輪廓、

形貌的產生,是具有不同的介質彼此交互作用。〈Lifeguard —— To.S〉「才能擴散玻璃窗外的霧——」也是同樣的概念,霧氣也是造成光影朦朧的原因。然而無論世界如何變動,哀嘆又有多少,超越了神蹟的指示和「超越時間的關係」,陽光仍然是「透過了我們的影」。對關係的詮釋,雨曦也是著重於「接連」上來說,如〈S: Reproduction anxiety〉

> 忘記暈船前你的名字,如邂逅一夜相戀的
> 夢伴。切斷的蚯蚓
> 曬得摺疊——碎裂的光被玻璃折射得
> 如此透明。然後,轉身側對:早安

「切斷」與「摺疊」並行,碎裂與透明也相輔相成。玻璃一方面讓我們看見了自己,補齊我們對外型的認識。另一方面在讓我們知道我們的樣貌後,卻有可能使得我們逐漸的不認同這樣的自己,或如〈Alchemy〉「陷入瘋狂迷戀玻璃折射後我們的影」所寫到的,喜歡的,可能不是原來的我們,而是成為影子的我們。雨曦總是能巧妙的捕捉日常生活的場景,並且予以改寫、重塑,但又不失於場景的原貌,只是改以讓讀者重新拼湊畫面或情境的方式處理。而筆者自己的書寫,也頗近於雨曦的風格,因此總覺得看他的作品有種看自己的那樣親切。就像玻璃般,總在他世界的觀景窗上,看見了像是影子的我自己。

四、濃度很高的夜晚場佈

如果說要為雨曦的作品尋找適合的背板,那我會選濃度很高,幾乎不含任何雜質的黑夜。「嚥」總是如此不留痕跡,食盡所有的神蹟安排和語言造作,在嚥下的時候,場

景頓時進入了黑夜。且搭配著「師」這樣的稱號，某部分說明了可能具有指導原則與特定技術——可以像護理師般，細緻的進行傷口的包紮，也可以像工程師反覆調整以建構程式。在筆者看來，噬神師有著這樣的基調，但既然作為有能力的吞噬者，建構與頹敗都確實的掌握在他的手中。你說他是時間，倒也不全然是；你說他是死亡，倒也不這麼準確……他，是超越這些被定義者的一種介於存在與不存在間的「狀態」，隨時能切換現蹤與藏身的技能，卻能穩定的對一切存在物和存在現象發揮作用。在《噬神師》裡，讀來像是躺睡在黑夜之中，作著色彩紛呈的各種夢，在不同的境界中游移著。死亡像是被設定的鬧鐘，追蹤著我們安穩的睡眠，作為喚醒我們的一種提示；重生則像是每晚睡前開啟的「睡眠專注模式」。兩者都幾乎像是成為常態的每日例行公事，也是世界運轉、人事紛沓的既定「公式」。而我們總帶著一些今日殘存的記憶進入夢境，如佛洛依德所認為的夢是欲求的滿足——這充分說明了「殘憶」與「補痕」彼此互相補充的意義。

　　夜晚不一定能夠隱藏痕跡，可以試想著二個情境。其一，在全黑的紙張上，分別用黑、白的二支色鉛筆隨意塗鴉，白色的痕跡反而十分清晰；其二，則是把這個實驗的順序調換，先是進行塗鴉，再將可透光的黑紙、白紙分別疊於其上。兩者的結果「究竟何者被看見」是相同的，也同樣有著「創造／再造」的意涵，覆蓋（滅）也能帶來新生。但是雨曦的詩作比起這樣單薄的色彩實驗更豐富，他小心翼翼的拿捏色澤的彩度，為色彩補添了意義，尺幅千里，讓人激賞。此外，還以其他視覺以外的其他知覺感官作補強處理，讓「夜」更有「夜」的姿態，而「夜」那種催眠的「幻術」被雨曦的妙筆化於無形間。像〈內耗〉一詩，首句就為我們進行神秘學的編碼：「神秘學術論文期刊發表：」再來，馬上進行了宗教的解碼（而後瞬間解

編):「嘗試剝離宗教捆綁」,卻又以另一種姿態轉以「到床上繼續╱糾纏不清╱糾纏論文的學術價值」,所謂的「價值」絕非以宗教的神聖性作為衡定。帶著研究的視閾,雨曦為我們導覽研討會的地點和場佈:「研討會地點在地震帶附近,我們搖晃╱一種荒島的感覺。只需要倆人對望的關係」由此可見情愛的關係之厚醇綿密,在「對望」裡,彼此是彼此的互補意義,如此一來,我才能確認我是我自己——而非被宗教性捆綁的那個身體。接著「我信仰噬神者會拯救滲水的我╱似乎是挖開胸口的洞╱掉落色彩斑斕的玻璃彈珠」在驅散神怪力量之後,自己開始有些破損,可是卻能掉落繽紛的玻璃彈珠,這一句顯得特別有張力,殘敗中帶有的華麗的插曲似的,不禁讓筆者想到洛夫《石室之死亡》第三十四首的詩句:

在吞食夏日的焦灼之後
你猶是一年輕的紅裙,稍為動一動
餘燼中便有千顆太陽彈出
因而你自認就是那株裸睡的素蓮
死在心中即是死在萬物中

這種今昔之別的感慨,多數詩歌就由此走向了悲哀(乃至於悲謬)的結尾。洛夫與雨曦的作品,都同樣有著鮮明的對照,一起一落,一升一降,有著一唱三嘆的韻味於期間。洛夫最後那句「死在心中即是死在萬物中」也許就是超越信仰的那種篤定的認定吧。雨曦筆下彈珠的掉落,應該多少也帶著「彈射」的力量,在落地後不曉得會上彈多少次,又滾了多遠的距離,也許直到撞上了某個介面才停歇。而這個介面,我想可能就是某個暫時的結束,也說不定又掉入了其他的孔竅之中,成了其他形式的「彌補」。而於同時,重生繼續重生,覆滅繼續覆滅,該被吞

食的也繼續吞食著。最後一段,雨曦則寫到:

> 熬夜是某種獨特氣味
> 介乎麝香和苦橙兩者之間,用力擠壓
> 塗抹。清晨時,我們將會在這裏消失

氣味飄散在整個空間之中,然後漸漸淡去,如同自己殘存的記憶一般。擠壓和塗抹,加速了流失的速度,在清晨也就消失殆盡。所彌補的,是我們認識了「夜」的另一個面向——熬夜,是一種難以被準確形容的氣味。在力量的拉扯之間,自己也從中透析了一些哲理,這也是「論文發表」的研究發想的過程,以自身經驗來說明神秘的意涵。那麼,文獻回顧則像是這整夜「翻天覆地」的變化,雖言「神秘」,何嘗不是一種紀實呢?縈繞著夜晚的「考據」,搜羅各樣的姿態與語言,夜卻還無法被完整的看透,如犄角與漆黑的夜不願透露任何／任何屬於我的病情。」(〈Soft@Tissue〉)。關於翻天覆地的情形,也見於〈Mildew〉:「遺憾從胸腔處日夜顛倒」,沙漏似的倒懸,而時間依然流逝。場佈也總有個標題,可能是「塑造寂寞的夜」〈Pleonasm〉,況且「直到體液交換的夜——敲醒熄滅的燈」,不斷地處在置換、被置換的狀態下,也對應了「輯二」的標題「夜街」,所經過街衢的,不只是活人,還包括那些「剩下的靈魂」在「不斷遊蕩」(〈Crocodile—To.Qiu〉)著。

獨自走在街上的夜晚,夜的濃度愈來愈高,幾乎使我們看不見吞噬發生的確切位置,又或者,吞噬由此開始普遍的存在各處,如〈Adverb〉所寫到:

> 語調刻意淡化對寂寞的夜
> 註解。狠狠地嚥下整個太陽

嘗試黑夜一直
　　一直如此，想你

　　對於夜的註解減少，也就更讓人無法看透它的本質，抓到它的脈絡，自己只能「嚥下整個太陽」，使得夜晚的濃度增加；長度拉長為「一天」，是進入永夜般的感覺。吞噬之後的陷落又出現在第二段：「蘋果是昨夜腐化／的洞」同樣對應了「殘憶／補痕」這樣的命題，當腐化到了嚴重階段就會造成原先的形態有所流失，留下的，卻是一個讓人嘆息的坑洞，以及最後一段寫到「廢棄的軀殼」。可是，這之中又出現了重生的跡象，除了「我們迎著第二次重生的太陽」以外，就是野貓在廢棄軀殼中「輕輕地搔著心臟」，由外而內層層檢視，死中有生，倖存者體內也有將要發生的死，環環緊扣。夜，則隨之深入我們身體和靈魂的內裡。〈Cavern〉這首詩可以說是對於「夜」的思索之集大成者，第一段是迅速變換的場景作開場：「地鐵裏奔跑於窗外的雲／轉眼間，從我們的洞裏下場暴雨」可見到成雲致雨的動態過程，雨還侵入了我們的領地之中。第三段再次有了場景置換：「第二次，穿越隧道時／你從便利商店購買一把雨傘，不久後／便不再下雨了」買傘的過程需要的回返，卻因為雨停而成為徒勞。而這些沒能派上用場的傘，在第四段成為了主調：

　　這遺棄的傘越多，我的腳便更加踏實
　　追逐船可能是大海的責任
　　而毫無關係的人則是掩蓋多一拍的
　　漏洞
　　與深夜時
　　緊密窗簾是為了迴避
　　非洲裏被迫害枯萎的象

缺少的、額外的各種意象佈置在同一段落中，乃至於整首的收結「我的眼睛仍然／凝視黑夜裏擺放雨傘的那個架子」，都不脫離黑夜的籠罩，雨不下，傘不開，卻似乎什麼也收回不了，漏洞也逐漸地擴大。流水漫漶的姿態，如〈Plant louse〉精彩的場景書寫：

> 一灘擱淺的水母頭顱，淺粉紅的缺愛
> 跟還在森林裏被獵殺的鹿
> 如靈魂套牢、如昨夜的春心蕩漾、又剩下
> 遺體，自己的身軀分裂出
> 洞穴裏斑駁的光，跟枯朽的石
> 共同貯存在吉普斯蘭湖

水母來自海中，然而卻在灘上擱淺，可見生命已經消失，只留下軀體而已——頭顱不禁讓我們想到塌陷的凹洞。水母與陸地上的鹿死亡，鬆開了套牢的靈魂，可是身軀裡的光和周遭的石都被「貯存」在湖裡，顯然還是繼續受限。湖泊，不也是積滿水的坑洞？任由情感在這裡蔓生。而這些遺體的昨夜是「春心蕩漾」，今日成為湖泊的一部分後，又任由新的棲息者的情感投放，生生不息。

五、結語

雨曦細膩的打磨著每一個字詞，如技藝純熟的匠師，卻能將慣用詞彙的意義脫胎於無形中，那樣的不著痕跡，卻又帶著深遠意義，著實不易。在字句的密林裡，雨曦以他擅長的近乎「魔幻式」的手法為讀者迅速切換著不同的場景，佈置精巧，讓人在其中幾乎要迷失了自己。然而，這樣快速地翻閱城市的大地景與小角落，同時輔以時而現形

的哲思，反而讓讀者開始將焦點放回自己身上，關注於孔竅、肌膚、骨骼、思索，然後端詳著記憶裡保存的那些自己，以及縫縫補補的那些痕跡。對於一位寫作者來說，誠實、坦然的產出我想是必要的，雨曦將自己對於觀看世界的方法，一一的圖描、著色在詩中，讓詩的流域「走入」我們生活的場景。這些場景非常日常，人物、場地也都是如此可親可近，不過雨曦引領我們「拉開距離」去進行賞玩，並且關注於細小、瞬間的各種變化——無論是光澤、顏色或厚薄程度。

我在《噬神師》中看見雨曦造語的不凡，意象濃而有味，結構緊密，也散見整齊的相關「物件」的編排，這都有助於讓一首詩的形體更加複雜多變，讓真實和虛幻彼此交疊、楯合的更為緊密。他的詩作可謂擲地有聲，帶著滿溢的野心和豐富的生命體會，將帶領讀者感受小調樂曲式的陰鬱美感。

國家圖書館出版品預行編目 (CIP) 資料

噬神師 = Eclipses/ 雨曦 作 . -- 初版 . -- 新北市：
敘事鋸有限公司, 2025.06
184 面；21 公分
ISBN 978-626-98541-1-0（精裝）

851.487　　　　　　　　114007424

噬神師 Eclipses

作　　者	雨曦
繪　　者	UTIN
出版發行	敍事鋸有限公司
	contact@narrativesaw.com
編　　輯	許立衡
行　　銷	朱庭儀
書籍設計	陳昭淵（研寫樂有限公司）
印　　刷	宣威印刷設計有限公司
總 經 銷	紅螞蟻圖書有限公司
	114 台北市內湖區舊宗路 2 段 121 巷 19 號
	02-27953656（電話）
	02-27954100（傳真）
	red0511@ms51.hinet.net
定　　價	新台幣 420 元
初版一刷	2025 年 6 月
Ｉ Ｓ Ｂ Ｎ	978-626-98541-1-0（精裝）

印製序號　　　**0762**

本書著作財產權由作者雨曦與敍事鋸有限公司所有。
未經許可，不得擅自重製、發行、改作等。

關於本書的更多資訊：